シークレット ガーディアン

水壬《みなみ》楓子《ふうこ》

ILLUSTRATION：サマミヤアカザ

シークレット ガーディアン

LYNX ROMANCE

CONTENTS

シークレット
ガーディアン

黒ネコは軽い身体《からだ》で石垣に飛び上がると、高くなった視点からゆっくりとまわりを見渡した。

北方五都と呼ばれる地方で、もっとも権勢を誇る月都《つきみや》の王宮である。

広い庭と言っていいのか、ちょっとした森も含んでいるその広大な敷地の四辺は、この程度の高さからでは確認することはできない。もちろん結構な距離もあり、さすがに黒ネコも外へ出るつもりはなかった。

王宮の敷地内でさえ、まだ足を踏み入れたことのない場所は多いのだ。

彼にとってはちょっとした気晴らしか息抜き、あるいは散歩といった程度の気楽な時間だった。大きな冒険をするつもりはない。

いや…、確かにそんな冒険もしてみたい気がまったくないとは言えなかったが、それが許される立場でもなかった。

長いしっぽをピンとまっすぐに立て、向かう方向を決めると、黒ネコは軽やかに細い足を伸ばした。

特に目的があるわけではない。まだ行ったことのない場所で、宮中で働いている者たちの日常の生活をちらっとのぞき見て、そして日常の会話が少しばかり聞ければよいな、と思うくらいだ。

下級官吏たちの上役への愚痴、下働きの女たちのかしましい噂《うわさ》話、末端の兵士たちの下世話なバカ話……そんな忌憚《きたん》のない、飾らない言葉だ。

ふだんはなかなか耳にすることのできないそんな会話も、通りすがりのネコであればたやすくうかががうことができる。

……まあ、よい趣味とは言えないのかもしれないが。

今日向かうことにしたのは、まだ行ったことのない下級兵士たちの兵舎の方だった。外宮に近い、宮中の警備兵たちがいるあたりだろうか。

黒ネコにしてみれば、少しばかり遠出といった感じだった。

中庭を突っ切った時、すれ違った灰色ウサギがちょっと怪訝《けげん》そうに振り返って眺めてくる。

なかば長い毛に埋もれていたが、その前足には赤いリングがついていて、守護獣であることが知れる。

誰の守護獣だったかな…？　と頭の中で考えつつ、黒ネコは素知らぬふりで回廊を渡り、植えこみの中を抜けて進んでいく。

いつも目にしている手入れされたきれいな庭園ではなく、自然に踏み固められた道が通った草むらを抜け、ひょこっと顔を出したところはちょうど兵舎の裏側のようだった。

まだ真っ昼間といった時間帯だったが、若い兵士たちが三人、たむろしている。みんなまだ二十歳前後くらいだろうか。

声高にバカ笑いしている様子は、警備の仕事をしているようにも、鍛錬をしているようにも、到底見えない。さすがにまだ真っ昼間のせいか酒は入っていないものの、下世話な話に興じているようだった。

切れ切れに聞こえてくる会話からすると、どうやら女の話だ。ゆうべやった女がどうのこうの。休養日なのか、遅い昼休みなのか、あるいはサボリなのか。

黒ネコはわずかに眉《まゆ》をよせた。ピクピクとヒゲが震える。

もちろん、月都の王宮内とはいえ、清廉潔白で生真面目《きまじめ》な兵ばかりではないとわかっている。が、いかにも見苦しい様子だった。

顔を見ておこうか、と黒ネコが何気ない素振りで庭を突っ切り、すぐ側《そば》の壁際をすり抜けようとした時だった。

「お、ネコだぜ」

目敏《めざと》く見つけた一人が声を上げ、にやにやと笑いながら無造作に手を伸ばしてきた。

黒ネコはとっさに身体をひねり、反射的に前足でその手を払いのける。

と、どうやら爪《つめ》の先が男の手の甲を引っかいたらしい。

「ちっ…、なんだよ。可愛《かわい》げねぇな」

あわてて手を引っ込めた男が顔をしかめた。

「お高くとまってんだよ。守護獣様だろ？」

「いや、違うな。リングがない」

他《ほか》の仲間が鼻を鳴らすのに、もう一人が身を乗り出すようにネコを眺めて口にする。

「守護獣だったら、もっと内宮の方にいるだろ。主《あるじ》なしでこんなところまで出てきやしねぇよ」

「ふーん、守護獣じゃねぇのか…」

最初の男が口の中でつぶやくようにしてから、にやりと笑った。

嫌な感じの笑みだ。

黒ネコは素早く行き過ぎようとした。

が、いきなりつんのめるようにガクッと身体が倒れた。後ろ足をつかまれ、引きずりもどされたのだ。

反射的に「みぎゃーっ！」と声を上げ、とっさに地面に爪を立てるが、子ネコの身ではさすがに人間の力には敵《かな》わない。

すぐに引き剝《は》がされ、後ろ足を両手でつかまれてつり下げられた。

「いいざまだな」

男がせせら笑う。

あせって黒ネコはジタバタと暴れたが、どうにもならなかった。

カッ…、と頭に血が上る。

男の手に嚙《か》みついてやろうかと思ったが、さすがにさっき引っかかれただけに用心しているようだ。

「そうだ。なぁ、こいつで試し斬《ぎ》り、してみないか？」

と、男が黒ネコの首をつかむようにしてしっかりと持ち直してから、わずかに仲間の方に身を乗り出し、内緒話でもするように声を潜めた。

「試し斬り？」

怪訝そうな別の男の声。

「ああ。この間、親父《おやじ》に新しい刀をあつらえてもらったばかりなんだ。阿渡《あと》の火古座《ひこざ》の作なんだぜ？」

いかにも自慢そうな口調だった。

阿渡領にある、火古座という刀鍛冶の工房だ。名刀として名高い。

もちろん値が張るもので、どうやらこの男はそこそこの家柄の、貴族の子弟なのかもしれない。警備隊にいるということは、嫡子ではないにしても。

「ホントか？　すげぇな…」

「金もかかってる。切れ味もいいはずだぜ」

「そりゃ、見てみたいよな。どれだけ違うのかさ」

——まずい……。

男たちのそんな会話に、さすがに黒ネコは一気に全身の血が下がったような気がした。

黒ネコはさらにもがいて逃げようとしたが、ほとんど首が絞まるくらいに押さえこまれて、まともに力も出ない。

みゃぁ…、と情けない声がこぼれて、自分でも悔しくなる。

正直、こんなに無力な自分を感じたのは生まれて初めてだった。

ネコの何でもない日常が、こんなにも危ういとは。

「ま、こっちは手傷を負わされたんだしなぁ…。それなりの罰は下さねぇとな」

ねっとりと言いながら、にやにやと黒ネコを押さえこんだ男が笑う。

「けど、さすがにまずいんじゃねぇのか？　試し斬りってのはさ…。もしバレたら、除隊だってあり得るぜ？」

一人が不安そうに口ごもる。

「問題ないだろ？　守護獣じゃねぇんだし。あとで埋めときゃわかりゃしねぇよ」

「だよな。ほら、早くやろうぜっ。誰か来る前にさっ」

別の一人はわくわくした口調で友人を急《せ》かす。

「ここじゃまずい。向こうにしよう」

男が片手にネコの首をつかんでつり下げたまま、木立の奥を顎《あご》で指し、歩き出した。

ちょっとした空き地のようなところで立ち止まると、きょろきょろとあたりを見まわし、前足と後ろ足、それに鳴かないように口も縛られた黒ネコが転がされる。

「ほら、どうだ、この波紋の美しさは……！　反りも素晴《すば》らしいだろう？」

黒ネコの頭上で、男がするりと腰の刀を抜き、他の二人に見せるようにした。うっとりと酔ったような口調だ。

「ほう…、確かに業物だな。切れ味が楽しみだ」

別の一人が大きくうなずく。

「返り血を浴びないようにしないとな」

独り言みたいに言いながら、男が斬りやすい角度を決めるようにゆっくりと黒ネコのまわりを歩き始めた。

さすがに冷や汗が流れる。

まさか、こんなところで自分が死ぬはずはない——。

そう思いながらも、心臓が凍る。

「楽に死ねるさ。一太刀で胴を真っ二つにしてやる」

残忍な笑みを浮かべ、男が大きく刀を振り上げた時だった。

「何をしている？」

淡々とした声が、スッ…と貫くように空気を裂いた。

ビクッ、と肩を震わせた男たちが、いっせいに振り返る。

「な…、げ、牙軌《げき》…っ？」

「お、おまえっ、なんでこんなところにいる…っ？」

あせったように、男たちがうわずった声を上げた。

知らず息を吐いた黒ネコは必死にそちらを見ようとしたが、近づいてくる足くらいしかまともに見えない。ところどころすり切れ、使い古したような革靴だけが視界に入る。

「まさか、そのネコを殺そうというわけではないだろうな？」

ただ低く、感情もなく続けられた声だけが耳に届く。

「う…うせろっ、おまえごときの知ったことではないっ！」

刀を振りかぶったまま、あせったように男がわめいた。

「どうするつもりかと聞いている。守護獣に守られる国の兵士が、まさか無益な殺生をするつもりならば…、俺《おれ》も見過ごすことはできないからな」

しかし相手の男の声は、臆《おく》する様子もなく近づいてくる。

「きさま…、先輩に逆らう気か!?」

「敬意に値する人間であれば従いもするが」

さらりと口にした男の足がすぐ側で止まり、ようやく黒ネコも男の姿を目にすることができた。

服装は男たちと同じ制服で、帯から下がる刀の鞘《さや》の色も同じ茶色。やはり王宮警備隊に所属している男のようだ。

最初の男たちに比べるとわずかに若いようだが、ずっと落ち着きが感じられる。

下から見上げているせいもあるのだろうが、かなりの長身で、がっしりと体格もいいようだった。

男っぽい、精悍《せいかん》な顔立ちだ。

ケッ、と仲間の男が吐き捨てるようにして叫んだ。

「おまえみたいな素性の男が、本来忠義面して衛兵などやっていられると思うのか？　身の程を知れっ！　よけいな口を挟まぬ方が身のためだぞっ！」

ちらっとそちらへも視線をやり、しかし表情も変えず、ただまっすぐに刀を振り上げた男を見返したまま、彼が静かに口にした。

「その俺がいまだに衛兵でいられるのは、なぜだと思うんだ？」

そして何気なく持ち上げられた右手が、腰の刀に軽くおかれる。

それだけでハッと息を呑《の》み、男たちが頬《ほお》を引きつらせた。目に見えない何かに押されたように、じりっといっせいに後退《あとじさ》る。

おそらく、男の剣の腕が相当にいい、ということだろう。

先輩だという男たち三人がかりでも相手にならないほどに。

口をつぐんだ男たちはおたがいに顔を見合わせ、しかしどうやら立ち向かう気はないらしい。

「きさま…、ただですむと思うなよっ」

と、歪《ゆが》んだ顔でありふれた捨てゼリフを吐き出して、バタバタと走り去った。

その姿が消えるまで見送ってから、男が黒ネコの側にしゃがみこんだ。

牙軌――と呼ばれていただろうか。

「ひどい目にあったな…」

ため息のように口にすると、そっと片腕で黒ネコを抱き上げ、鍔《つば》から引き抜いた小柄《こづか》で縛っていた紐《ひも》を切ってくれる。

みゃぁ…、と思わず小さな鳴き声がもれたのは、やはり安堵《あんど》したせいだろう。

無意識のうちに、ぐったりと男の腕の中に身体を伸ばしていた。

ふだん、決して誰かの前で泣き言など口にすることはなく、弱みを見せることもいっさいなかったのだが。

「あきれるな…。こんなところで訓練を抜け出して試し斬りとは」

小さくつぶやくと、牙軌が縛られていた前足と、喉《のど》のあたりを軽く撫《な》でてくれる。そして、気をつけろ、と声をかけると、そっと地面へ下ろしてくれた。

黒ネコは小走りに木陰へまわりこむと、後ろからそっと男の様子をうかがった。

男は兵舎の倉庫らしいところへ入ると、中から楯《たて》のようなものをいくつか引っぱり出している。上官に言われて、訓練の備品をとりに来たのかもしれない。

それを担いでもどっていく姿を見送ってから、黒ネコも小走りに、自分の部屋へと急いでもどった。

さすがに今日は、これ以上「冒険」をしようという気にはなれない。

王宮の奥宮と呼ばれる、王族が生活の場としている宮殿の中だ。

その東の一角へ入りこむと、庭先からテラスへと飛び上がり、わずかに開いていた扉から中へと身体をすべりこませる。

その気配に、中にいたルナがふっと顔を上げた。

『おかえり。ずいぶん早かったな』

床にしゃがみこんでいた身体を起こし、優美な四本の足をするりと伸ばす。

なめらかな白馬の背中から、バサッ…と大きな白い翼が翻った。

神々しいばかりに美しい――天馬《ペガサス》の姿だ。

月都の世継ぎ、「一位様」と呼ばれる千弦《ちづる》の守護獣である。

北方五都と呼ばれる一帯で、もっとも勢力を持つ月都の王族は、直系であればたいてい、それぞれの守護獣を持っていた。

いや、守護獣と呼ばれる動物たちが、それぞれの適性と相性を見て、自分たちの主《あるじ》を選ぶ――、と言った方が正しいのだろう。

武人であれば、大型獣や猛禽《もうきん》類など攻撃系の、学者や聖職者など文人であれば学術系の、他にも医療系や土木建築系に能力のある守護獣もいる。それぞれが相性のよい人間の能力を見極め、「契約」を結ぶのだ。

そして守護獣はその「主」に力を貸し、その能力を高めてやることができる。

それと同時に、「主」を得て自らの力を発揮することで、守護獣たちも自らの寿命を延ばし、生命力を高めることができるのだ。

月都の王族は、守護獣を得るという特権、能力を持つことで、国のために、そして民のために尽くすことが求められている。

そのため直系の王族である子供たちは、比較的早い時期から、自分の進むべき方向を決めていた。

しかしその守護獣の中でも、「ペガサス」というのは、オールマイティな力を持つ破格の、非常に稀《まれ》な守護獣だった。

　三千年を超える月都の歴史でも、かつて三人の王にしかついていない。始祖である月王と、中興の祖と呼ばれる名君と、戦乱の中で国を守った猛王と。

　そのペガサスが、十七年前、月都の長子として千弦が生まれた時、千弦の能力に呼応して姿を見せたのだという。

　もちろん赤ん坊だった千弦にその時の記憶はなかったが、生まれてからずっと、このルナが側にいることは間違いない。

　つまり、その聖獣が世継ぎの赤ん坊にそれだけの能力を認めたということである。

　将来、稀代の名君となることを。

　実際に多くの者の期待通り、年々大きく花が開くように美しく、聡明に、千弦は成長していた。

　姿容の美しさや洗練された物腰だけでなく、明晰《めいせき》で怜悧《れいり》な頭脳と、深い洞察力や的確な判断力。

　人を惹《ひ》きつけるカリスマ性と神秘性で、存在感で言えば、すでに父である王を上まわっている。

　父王としては、できすぎる息子に対していささか距離をとっていたが、それでも表だって疎《うと》むことはなく、英才の息子には十歳の時からすでに政務に関わらせていた。そして今では、そのほとんどを千弦に任せている。

　おかげで、千弦としては日々、仕事に忙殺されているわけだ。

　その千弦は、今、長いカウチソファの上で身体を丸め、昼寝でもしているように見えた。

世継ぎの私室へ上がりこんだ黒ネコは、そのすぐ横のサイドテーブルへと飛び移り、眠っている千弦の姿を見下ろした。

華奢《きゃしゃ》な体つきで、抜けるような白い肌をしている。しなやかな淡い茶色の髪と、今は閉じているが灰色の瞳《ひとみ》と。

そして、すっきりと端正な美貌《びぼう》――。

ペガサスに選ばれた者だ。

しかし黒ネコは頓着《とんちゃく》せず、その身体の上に無造作に飛び乗ると、片方の前足を持ち上げて、ちらっと横のペガサスを見上げた。

察したようにペガサスが近づいてくると、長い首を伸ばし、ふっ、とその前足の先に息を吹きかける。

ふわっと一瞬、意識が飛んだかと思うと、次の瞬間、ずしり…と身体に重さと気だるさを感じて、思わず長い息をついた。

ふだんはまったく感じないのに、やはりネコと比べると人の身体は重い、ということらしい。

指先をゆっくりと動かし、腕を伸ばしてバランスをとりながら、千弦はむくっとソファで上体を起こした。

膝《ひざ》の上にいた黒ネコが、何か寝ぼけたようにきょろきょろとあたりを見まわすのに、千弦は優しく喉を撫でてやる。

「いいよ、ミリア。まだ寝ておいで。身体を少し使わせてもらったからね」

そう言って、ソファを黒ネコに譲ってやると、千弦はわずかに伸びをしながら立ち上がった。

このミリアという名の黒ネコは、守護獣ではなく、普通の、千弦の飼いネコである。

「危ない目にあわせて悪かった」

そして指の背でなめらかな背中を撫でてから、そっとつぶやくようにつけ足した。

ミリア自身に意識はないだろうが、あんなところで試し斬りをされていたら、意識もないままに、ミリアは死んでいたことになる。

もしかすると、千弦の魂も一緒に、だ。……まあ、そんな状況になったことがなかったから、どうなるのかはわからなかったが。

守護獣の中でも別格であるペガサスの力で、千弦はたまに、こうして黒ネコと魂を入れ替えてもらい、しばし気ままな散歩を楽しんでいた。

このことは、ルナと千弦だけの秘密である。

オールマイティな力を持つ、ほとんど伝説の中にいるペガサスがどんな力を持っているかなどということは、ほとんどの人間は知らなかった。

千弦にしても、すべてを知っているわけではない。ルナがいちいち教えてくれるわけではなかったから。

長い時間をかけて信頼を築き、相談し、助けを借り、その中で能力を引き出していく。おたがいの、

だ。

わずかに乱れた髪をかき上げ、ふっと、さっき男たちに縛られた――あの牙軌という男に撫でても
らった手首のあたりを片手で押さえる。……もっとも実際に縛られたのは自分のこの手ではなく 黒
ネコの四肢だったわけだが。

痕《あと》になっているわけでもなかったが、その感触は生々しく残っていた。

『何かあったのか？』

さすがに守護獣だけあって、主のわずかな気の乱れも感じるらしい。

ルナが気になったように尋ねてくる。

「ああ…、ちょっとね。王宮の中とはいえ、安全ではないらしいな」

肩をすくめるようにして、千弦は答える。

基本的に、ルナに隠しごとをするつもりはなかった。生まれた時から側にいるルナは、千弦にとっ
ては頼れる兄であり、唯一の友であり、優秀な教師でもあった。

ただでさえ、月都の世継ぎという立場にあって、千弦には孤独と責任という重圧が常にかかってい
たわけだが、ペガサスを守護獣に持つ特別な皇子に、まわりはさらに畏怖《いふ》と敬愛とを抱いていた。

千弦が何もしなくとも、だ。

人々の期待は大きく、常にそれに応えることを求められた。

『悪かったな。私がおまえの守護獣につかなければ、もう少し、普通の人生が歩めたのだろうが』

いつだったか、ルナがそんなふうに言ったことがある。

が、千弦にしてみれば、生まれた時からそれが「普通」だったのだ。

もっと気楽な生活をしてみたかったと思わないではないが、それも今さらだった。

ルナは十分なフォローをしてくれているし、実際のところ、ルナをそれなりに使うだけの能力が自分にあるのなら――自分にしかないのなら、それを極めてみてもいい、と思う。

千弦は自分が特別な人間だと知っていたし、それにともなう責任も、孤独や嫉妬も、すべて受け入れるつもりだった。

「宮中警備の兵に捕まって、危うく試し斬りの道具にされるところだった。クセの悪い兵がいるものなのだな」

あえてさらりといった千弦の言葉に、ルナが驚いたようにバサッ、と翼を羽ばたかせた。

『おい…、勘弁してくれよ。おまえが別の動物と入れ替わっている時は、その身体まで私の力は及ばないぞ』

「わかっている」

千弦は片手を上げて、神妙にうなずきつつ、身支度をするために侍女を呼んだ。

千弦にしても、ヒマではない。齢十七歳にして、すでに月都の政務の大半を担っているのだ。

それだけに、姿を変えての一人歩きが気軽な息抜きだったわけだが。

どうやら、王宮内であってもそれほど安全な場所とは言いがたいようだった。

守護獣というのは、どんな守護獣であっても命を賭《と》して主を守ってくれるものだし、少々離れていても主の危機を察することはできる。が、魂を移し替えている時は、そうしたつながりも切れているらしい。

千弦は自分に刃《やいば》を向けた連中の顔ははっきりと覚えており、もちろん、そのままにしておくつもりはなかった。表だってではないにしても、それなりの処分は下すつもりだ。

そして、あの牙軌という男。

おまえみたいな——と罵倒《げとう》されるあの男の素性がどういうものなのか。

少し調べておくか…、と千弦は着替えながら、頭の中で広げた今日の予定表の最後に書きこんだ。

◇　◇

季節が短い夏を終え、長い冬へ向かおうとする頃《ころ》、月都の王宮では秋の例祭の最後として「奉武祭《ほうぶさい》」と呼ばれる年に一度の武芸の大会が行われていた。

近衛隊や宮中警備隊、王都警備隊、国境辺境守備隊などから数名ずつ、それに各領からも腕に覚えのある者を代表として出して、武術を競わせるのだ。

弓や銃などの競技も行われたが、やはり華と言えるのはトリで行われる剣技だった。

王宮に隣接する広い競技場が会場となり、例年、国王を始め、何人かの皇子や皇女たち王族も臨席する。

それぞれの隊の名誉をかけた戦いでもあり、兵士たちの間でも相当に力が入っていた。

大きな内乱も外憂もここ十数年はなく、通常の取り締まりくらいしか見せ場のない兵士たちにとって、この大会は一年の目標ともなる。

その剣技の部門で、決勝まで牙軌は着実に勝ち上がっていた。

牙軌は昨年も隊の代表となっていたが、準決勝で惜敗していたので、今年は、という思いもある。

だがそんな意気込みは、相手も同様だろう。

なにより今度の大会では、その戦いぶりを評価し、つい先日生まれた皇子の身辺警護を任せる者たちを数人選ぶ、という噂もあったのだ。むろん、それに抜擢《ばってき》されれば大きな出世である。

ただ牙軌にしてみれば、そんな希望を抱いていたわけではなかった。

自分の素性では、どれだけ剣の腕を磨こうが——いや、磨けば磨くほど、王族の警護など務められるはずはない。

牙軌が生まれたのは、かつて武門としては名門と言われた古い家系だった。

だが祖父の代に起こった内乱で、祖父は首謀者の一人とされ、断罪された。家は残ったが家名は地に墜《お》ちた。

反逆者の子、と呼ばれた父がどれだけ苦労していたか、牙軌はよく知っている。自分も同様だった。牙軌自身が何をしたわけでもなかったが、やはりまわりの見る目は、「反逆者の血筋」だった。

父はなまじ剣の腕がよかっただけに警戒され、生涯、辺境の地の警備兵を任ぜられた。牙軌はその父によって、幼いうちから剣を教えられたのだ。

しかし生活は貧しく、みじめな暮らしだった。過去の栄光を知っているだけに、父にとってはさらに過酷なものだったのだろう。

長く続く不遇に、酒に逃げた父は早くに亡くなった。その後、牙軌はなんとか、王都で警備兵としての仕事を得たのだ。

だがいつの間にか素性は知られ、まわりからは嘲笑《ちょうしょう》と軽蔑《けいべつ》の目が向けられた。警備隊から放《ほう》り出されなかったのは、やはり剣の腕がよかったおかげだろう。何かの際には——こうした大会などだ——隊の体面を保つのに役立つ。

とはいえ、そんな男に隊の代表を任せることには、苦々しい思いがあるのだろうが。

決勝を前に、牙軌は軽く食べ物を腹に入れたあと、控え室から外へ出て井戸の方へ向かった。

競技場は一般にも開放されていたので、例年、娯楽に飢えた人々が多く詰めかけていたが、出場者の控え室があるあたりは人の出入りが制限され、いつもよりも人気がないくらいだった。

王族もいるので、そちらの警備に人手が割かれているのだろう。

人々にしてみれば、ペガサスを守護獣に持つ「一位様」の姿が垣間《かいま》見えるのではないかと期待しているようだったが、貴賓席は肉眼で顔が確認できるほど近い距離ではなく、そもそも一位様はめったに人前に姿を現すことはないと聞いている。

それがさらに、民衆にとっては神秘性を高めているわけだったが。

宮中警備兵という立場にいる牙軌自身でさえ、一度もまともにその顔を見たことはなかった。ほんの遠くから、豆粒のような姿を見かけたくらいで。

王族の身辺警護を務める近衛兵であればともかく、ほんの末端の警備兵など、側に近づくことも不可能だ。

何のために強くなる必要があるのか…、と正直、考えないではなかった。

王家の家臣として、一武人として剣技を極めることに、どんな意味があるのか、と。

誰にも望まれていないのに。むしろ、疎まれているくらいだろうに。

だから今の牙軌にとっては、この大会に勝つことはただの意地なのかもしれなかった。

肌寒くなり始めた空気の中、牙軌は頭から水を一杯かぶり、気持ちを引き締める。

「おい…、牙軌」

と、濡《ぬ》れた髪を手ぬぐいで拭《ぬぐ》っていると、ふいに後ろから声をかけられた。

振り返ると、立っていたのはこのあとの対戦相手だ。やはり宮中警備隊に属する男だが、牙軌とは別の大隊に所属していた。

国境守備隊はそれぞれの地方ごとに、王都警備隊ならば大きく四つ、そして宮中警備隊は「乾軍《けんしん》」と「坤軍《こんぐん》」の二つの部隊に分かれている。牙軌は坤軍に属していたが、この男は乾軍の代表だったのだ。

隊としてもふだんから競い合っている分、他の、これまでの対戦相手以上に負けられないところがある。

もっとも、牙軌には隊を背負っているというほどの気負いはなかったが。

牙軌はまっすぐに男を見返した。

しかし正直、何の用だ？　と訝《いぶか》しく思う。

対戦相手とは別々の入り口からの入場になるため、男の控え室は牙軌がいるところからは競技場を挟んで反対側のはずだ。

たまたま通りかかる場所ではなく、これから戦おうという相手へエールの交換をしに来たわけでもなさそうだが。

男は二十歳前といったところで、牙軌より二つ三つ、年上のようだった。

もろちん、牙軌も名前は知っていた。この競技会が始まる前から、だ。

やはり、剣の腕が立つ、という男の名前はあちこちから耳に入る。だからこの男が勝ち進んできたのも、下馬評通りというところかもしれない。

牙軌も、決勝に来るまでのこの男の立ち合いはいくつか目にしていた。

確かにうまいとは思う。振りの鋭さや、勝負勘のようなものもある。が、勝てない相手ではない。

というより、十分に勝てる相手だった。油断するつもりはないにしても。

黙ったままの牙軌に、男は勝手にしゃべり始めた。

「まぁ、そんな顔をするなよ。悪い話じゃない。実はな、ちょっと相談があるんだが」

男がどこか探るような目で牙軌を見上げ、さらに近づいてくる。そして懐に手を入れると、重そうな小袋を一つ取り出し、井戸の端に乗せた。

チャリ…、と特有の音が響く。

どうやら金が入っているようだった。仮に金貨であれば、相当な大金になる。牙軌の仕事で得る数年分の報酬だろう。

牙軌はわずかに目をすがめた。

「何のつもりだ？」

察せられるところはあったが、ただ静かに尋ねる。

これだけの大金が用意できるというのも驚きだが、そういえば、この男の出自はいいようだった。

たいてい名門と呼ばれる貴族の息子たちなど、ろくに剣の腕を磨くこともなく、務めは片手間に遊びほうけているので、そういう意味では、ここまで上がってくるのはめずらしい。

あるいは、ここに来るまでもこんなふうに金を積んできたのだろうか？　多少、腕に覚えがあって出場しているにしても。

「最後の試合だ。おたがい、気持ちよくやりたいよな。ここまできてヘタにケガをするのもバカらしいし？」

男がどこか意味ありげに言う。

立ち合いは真剣で行われていた。もちろん寸止めにしているわけだが、勝負が進み、技量の差が小さくなれば、余裕がなくなり、多少の手傷は負うことになる。悪くすれば重傷、命を落とすこともないわけではない。

まあ、そこまで実力が拮抗《きっこう》していれば、そこへ行くまでに判定人が止めるだろうが。

男は井戸縁《べり》の金を乗せたすぐ側に片肘《ひじ》をつき、下から牙軌を見上げるようにして言った。

「な、俺に勝ちを譲ってくれないか？　おまえなら、観客たちに悟られないようにうまく立ち回れるはずだ」

牙軌は一度瞬《まばた》きしてから、小さく息を吐いた。

「奉武祭は神事だ。そんな真似《まね》ができると思うのか？」

建前で言えば、力の限りの戦いぶりを神に披露する儀式である。

それに、ふん…、と男が鼻を鳴らした。

「きれいごとはいい。よく考えろ。もしおまえが勝ったとしても、おまえが例の…、新しい御子様《みこさま》の身辺警護になど選ばれるはずはない。おまえの素性じゃな。だったらムダに勝つよりも、もらえるモノをもらっておいた方が賢いんじゃないのか？」

片手で金の袋を軽くたたくようにして、男が小ずるい目で牙軌を眺めてくる。

やはりこの男も、自分の出自は知っているらしい。

そして、この男の言うことは間違ってはいない。

実際、どれだけ剣の腕があったとしても、これ以上の出世が叶《かな》う身ではないことはわかっていた。

たとえ優勝したとしても、王族の身辺警護につくことなどありえない。

ならば金をもらって国を捨てる、という選択肢もあるのだろう。それを元手に新しい場所でやり直すことを考える方が、確かに賢い生き方だ。

このままここにいたとしても、この男のように名門という家柄しかないつまらない連中がいずれ指揮官となり、理不尽な命令を下すようになるのだ。

——ムダに勝つよりも……か。

内心でつぶやいて、知らず口元が歪む。

確かにムダなのだろう。今さら言われるまでもなく、よくわかっていた。

この大会で一瞬の栄誉や名声を得たとしても、すぐに過去の汚点に消され、結局、残るものはない。

自分の未来の、何かが変わるわけでもない。

ただ故意に負けるようなことをすれば、失うものがあるだけだ。

自分の唯一守っている、大事なものを。

牙軌は無意識に拳《こぶし》を握り、そっと瞑目《めいもく》した。

「腹が決まらないようだな」

牙軌の沈黙をどうとったのか、男が低く笑った。そしておもむろに手を伸ばして、袋を自分の懐にもどす。

「会場で会おう。立ち合いのあと、これがおまえのモノになるかどうかは、……おまえ次第だ」

ポン、と軽く牙軌の肩をたたき、男はゆっくりと帰っていく。

しかし男のこぼした会心の笑みは、どうやら牙軌が話に乗るものと疑ってはいないらしい。これだけの大金で釣れないはずはない、という感覚があるのか。

しかし金を押しつけて行かなかったところをみると、牙軌が会場で勝ちを譲ってやったとしても、まともに払うかどうかは怪しかった。

牙軌はしばらく、その場で立ち尽くしていた。

ああいう連中からすれば、自分など金で動く程度の男だと思っているわけだ。名誉も勝利も、金で買うことのできるものだと。

そしてそういう連中が、いずれ出世し、指揮官となって多くの兵の命を預かるのか――と、そんな絶望が胸をよぎる。

自分に対して故国が優しかったことはないが、それでも牙軌はこの国を恨んでいるわけではない。

ただ、ペガサスの守護を得る皇子の足元は、案外と腐っているものだな…、とちょっと冷笑してしまう。いや、戦乱の世から遠く離れ、目に見えないところで、月都もかなり腐敗が進んでいるということなのかもしれなかった。

そのための、ペガサス降臨なのかもしれない。

だとすれば、あとは一位様の手腕というわけだ。

次の試合に勝てば、せめてその一位様の顔を見ることくらいはできるだろうか…、とちらっと考えた、その時だった。

「迷っているのか？」

いきなり耳に届いたその声に、牙軌はハッと振り返った。

驚いた。気配を感じなかったのだ。

目の前に立っていたのは、若い男だった。

思わず目を見張るほどの美貌に、しなやかで優美な姿。

長い髪を一つにまとめ、動きやすそうな軽い服装だったが、それでも牙軌あたりからみれば、実用性からはほど遠い。薄くやわらかそうな生地は、そのへんの木の枝に引っかけても破れそうだ。

身分は高いのだろう。とても軍人には見えず、貴族の子弟といったところか。それも、嫡子だろう。

そんなふうに育てられた気品と、気位の高さが感じられる。

同い年くらいに見えるが、自分とはまったく違う世界に生きる人間だ。

おそらく競技会の見物に来たのだろうが、迷子にでもなったのか。

さっきの話を耳にしていたのか…、それとも牙軌に対して、迷子になったのか、と聞いたのか。

「いや」

小さく息をつき、いずれにしても、牙軌は短く否定した。

そしてそのまま、男の横をすり抜けて控え室にもどろうとした。

と、その背中に静かな声が落ちる。

「世の中に金で買えるものは多い。だが、金で買えぬものを手にできる機会は、そう多くはない」

その静かな声が、何か……ピタッと牙軌の足を止めさせた。思わず、すれ違ったばかりの男をふり返る。

その通りだと思う。

だがそれを、こんな貴族然とした男の口から聞いたのが意外な気がした。しかも武人でもない、……こんな何不自由なく育ったような男から。

男がゆっくりとこちらに向き直る。

美しい、静かな微笑《ほほえ》み。挑戦的な、まっすぐな眼差《まなざ》し。

魅入《みい》られるようで、牙軌はわずかに息を吸いこむ。

「……誰だ、おまえは？」

そして、ようやくそっと吐き出すと同時に尋ねた。

明らかに身分は上だろうから、この物言いは非礼にあたる。が、自分では気づいていなかったし、
相手も気にしているようではなかった。

「……ああ、ミリア」

と、その時、側の茂みがガサッと揺れ、飛び出してきた黒ネコがするりと伸ばした男の腕に飛びこんでいく。

ミリア、というのは、自分ではなくネコの名前だろう。こんなところにいたのは、ネコを探しにきた、ということだろうか。

そう納得してから、あっと気がつく。

そのネコには見覚えがあった。いや、黒ネコなどどれも似たような姿だから、もしかすると違うのかもしれない。だが半年ほど前に助けてやったネコと、よく似ていた。

同僚が遊び半分に、ネコで新しい刀の試し斬りをしようとしていたのだ。

あのあと、連中は処分された。除隊になったのだ。きわめて不名誉なことだった。

「不品行」という処罰理由で、具体的な言及はなかったが、上官の匂《にお》わせたところからすると、どうやらそのことによるもののようだった。

牙軌がいちいち上官に訴えたわけではなかったが、おまえが告げ口したんだろうっ！　と連中にはあとでさんざん恨まれ、まわりからも、仲間を売ったのか、というような目で見られて、ちょっとうっとうしいことになっていた。

とはいえ、それまでもさして友好的な関係だったわけではない。

だが確かにあの時のことを知っているのは自分たちだけだったから、それが上官の耳に入ったのが不思議だった。

おそらく、自分以外にも連中の悪行をこっそりと見ていた者がいる、ということなのだろうが。

まあ、牙軌にしても、わざわざそんなことを口にして飼い主に恩を売る気はない。

ネコを腕に抱え直し、指先で首のあたりを撫でながら、男がさらりと言った。

「おまえは自分で自分のプライドに値をつけるのか？　それだけの価値しかないものに成り下がるわけだ」

その唇から放たれた言葉は鋭く、挑戦的だ。

牙軌はそれをまっすぐに見返して、ただ静かに答えた。

「俺は自分の剣を汚す気はない」

そう。結局は矜持《きょうじ》なのだろう。あるいは、意地だ。

武人として、連中に劣るところは何もない。

たとえ、誰も認めてくれる者がなかったとしても。

ほう…、というように、どこかおもしろそうに、男の目が瞬く。

「ならば、見せてもらおうか。おまえの本気をな」

にやりと笑って言うと、ネコを抱いたまま男はこちらに向かって歩き出した。

そしてすれ違い際、淡々と口にする。

「前に進んでいる限り、何も変わらないなどということはない。たとえ、自分では気づかずともな」

耳に届いた言葉に、牙軌はハッと男の背中を見つめる。

心の中にあるあきらめを見透かされたような気がして、少し驚いた。

――自分のプライドの値段……か。

ただその後ろ姿を眺めて、心の中でつぶやく。

確かに、自分でその値段を決めてしまえば、それまでの男になるということなのだろう。

そして、決してそれ以上にはなれない。

牙軌は刀の柄にかけていた手に、グッ…と無意識に力をこめる。

身体の芯《しん》から力が湧《わ》き上がってくるような気がした。

見ていろ――、とさっきの男に心の中でつぶやく。

「……あ、牙軌殿！　そろそろ時間になります！」

探していたのか、係の若者が呼ぶ声が聞こえ、牙軌は競技場へと入った。

競技場のまわりにぐるりと設《しつら》えられた観客席から、津波のような歓声が湧き起こる。

その中で、牙軌の心は落ち着いていた。

貴賓席の王族の方へ一礼してから、対戦相手と立ち合った。

男が意味ありげに目配《めくば》せしてくるのを、ただ静かに見つめ返す。

どうだ？　と聞きたげに目が瞬く。

牙軌はただ無言で、まっすぐに男と向き合っただけだった。

大金になびかないはずはない、と男は踏んでいたのか。しかし真正面から対峙《たいじ》し、牙軌の静かな気迫に、どこか余裕を見せていた男の表情がだんだんと強《こわ》ばってくるのがわかる。自分の筋書きが狂ったということを感じとったのか。

辛抱しきれなくなったように、「タァァァ――っ!」と声を発して、打ちかかってきた。

牙軌は冷静にそれを払いのけた。

さして力を入れたわけではなかったが、絶妙な間合いで、男の身体がわずかにかしぐ。

なんとか体勢を立て直した男の顔は、明らかに引きつっていた。

「お…おいっ、牙軌……っ、おまえ…っ」

近距離でがっちりと刀を嚙み合わせ、押し合う間に、男があせったように口走る。

しかし牙軌は相手にしなかった。

クソッ…、と吐き出し、男の形相が変わる。

本気で、実力でやるしかないと腹を決めたらしい。

それに対して牙軌の方は気持ちが弾んでくるのがわかった。やはり、真っ向からやり合ってこそ、だ。

男も、決して悪い腕ではない。しかも刀は、牙軌のものよりも遥《はる》かに質がよかった。まともに力で打ち合えば、すぐに折られてしまいそうだ。

早めにケリをつける必要があった。

慎重に相手の動きを見切った牙軌が、返す刀で男の手から刀を弾《はじ》き飛ばし、切っ先がピタリ、と喉元へ当てられる。

観衆がいっせいに息を止めたような静けさが広がり、次の瞬間、歓声に湧いた。

判定人が片手を上げ、決着を知らせて、牙軌の名を呼び上げたが、それもまったく聞こえないほどだった。

拍手で栄誉がたたえられる。

やはり気持ちがよかった。与えられるのが、この一瞬の拍手と歓声だけだったにしても。

さっきの男は、この観衆のどこかにいるのだろうか…、と思い出す。見つけるのは、もちろん不可能だったが。

そして奉武祭のすべての行事が終了したあと、功績のあった者たちは特別に王宮での宴《うたげ》へ招かれていた。

中奥へ入ってすぐの離宮の一つで、美しい庭に囲まれた半野外の広間だ。屋根のある建物だけでなく、広い縁から石段を下りて続く庭でも、客たちは秋の宵《よい》を楽しめるようになっている。

これには優勝者のみならず、めざましい武技を披露した者ということで、各部門から数人ずつが呼ばれていた。ねぎらいの意味もあるのか、各部隊の隊長たちの姿もある。

牙軌たち下級兵士たちにとっては、国王や他の王族たちと同じ場所にいられるという信じられない栄誉だが、もちろんこちらから近づくことができるわけではない。庭先にいる牙軌たちから、部屋の奥にいる王族までの距離は遠い。

それでもふだんは直接言葉を交わすことなどできない上役と顔を合わせる絶好の機会であり、その場で自分を売りこむことができれば出世の糸口となる。それを目当てにした出場者も多いようだった。

各部門の優勝者には、この場で俸禄《ほうろく》も与えられることになっており、にぎやかな宴席の余興の一つ、といったところだろうか。

王族や重臣、高位の貴族たちが居並ぶ中でそれを受けたあと、続けて官吏の口から発表がなされた。

「この者たちより、新しく誕生された皇子殿下の身辺を警護させる者を選出する」

そして三人の男の名が上げられたが、牙軌の名はなかった。代わりに、決勝で牙軌に敗れた男が選ばれていた。

やはりな…、と予想はしていただけに衝撃はなかったが、それでも小さく唇を噛む。

呼ばれた男たちは前に進み出て、庭先の広い石段の下でかしこまってそれを拝命した。階《きざはし》まで姿を見せていた国王の口から、「頼むぞ」と直接言葉をかけられ、顔を紅潮させて、はっ、と頭を下げる。

選ばれた者への拍手とともに、なぜ優勝者が選ばれないのか——、という疑問を持つ者も多かったのだろう。

とまどったようなざわめきがかすかに広がり、事情を知っている者が小声で説明するのが口々に伝わっていくのを、牙軌はちらちらと自分に向けられる視線で感じた。

その中でもまっすぐに顔を上げていたが、知らず拳はきつく握られていた。

「……言っただろ？　だからおまえが勝ってもムダなんだよ。バカだな。素直に金を受けとっておけばよかったんだ」

決勝で戦った男が、すれ違い際、牙軌の耳元で吐き捨てるようにささやいた。

ざまあみろ、という気持ちと、やはり栄誉は欲しかったのか、憎々しげな口調が混じっている。

と、その時だった。

「……ほう、剣技で優勝した者が余っているのか？」

よく通る声がするりと耳に入ってくる。

誰だ？　と反射的に探したが、部屋の奥の方にいたようで、姿は見えない。

「では、ついでと言ってはなんだが、私も身辺警護をさせる者が一人欲しいと思っていたところだ。弟につかぬのであれば、私がその者をもらってもよいか？」

静かに続けられた言葉の意味が、牙軌には、一瞬、わからなかった。自分のことを言われているという意識がなかったのだ。

しかし、どこか聞き覚えのある声だった。

目の前で自然と人が道を開けるように身体をずらし、一人の男が現れた。

ハッと、牙軌は息を呑む。

あの男だった。決勝の前に会った、黒ネコの飼い主だ。

まわりがいっせいにざわめき、段上にいた高位の貴族たちもあわてたようにわずかに退いて、丁重に礼をとるのがわかる。

「こ…これは、一位様」

官吏が驚愕《きょうがく》したように甲高い声を上げたのに、牙軌は思わず目を見張ってしまった。

──一位、様……？

呆然《ぼうぜん》と立ち尽くした牙軌と、男の楽しげな眼差しがぶつかる。

一位様。千弦様なのか…？　あの男が？

まさか…、と思う。一位様が一人で、あんなところをうろうろしているはずはない。

「おまえっ…、牙軌！　無礼であろうっ」

瞬きもできず、ただ立ち尽くしていた牙軌の肩を、近くにいた警備隊長があせったようにつかみ、ようやく思い出したように牙軌は地面に膝《ひざ》をついた。

しかし、まだ頭の中は混乱している。

警護？　一位様──が、俺を……？

その者、と彼が指さしたのは、まさしく自分だったのだ。

「い、いえ…、一位様、あの者は……その、いささか出自に問題がございますれば、身辺警護には不適格かと。誰か他の、確かな者を選ぶようにいたしますが」

係の官吏が顔を引きつらせながらあせって答えたのに、千弦はあっさりと答えた。

「謀反を起こした者の孫だからか？　かまわぬよ。祖父の罪が孫の罪ではあるまい」

その言葉に、牙軌は思わず息を呑んだ。

無意識にギュッと、指先が胸のあたりの服をつかむ。

なぜ、一位様が自分の素性など知っているのか不思議だったが、なによりも牙軌の「問題」が一言で片付けられたことが信じられなかった。

ずっと身体の上にあった重い石がその一言で取り除かれたようで、知らず大きく息を吸いこむ。

「し、しかし……」

官吏がどうしたらいいのか困ったように、あたりを見まわしたが、まわりもとまどっているようだ。

「陛下、ぜひにお許しいただけますよう」

かまわず、千弦が振り返って父王に直接願い出た。

「……そうだな。まぁ、よかろう。おまえがそれほどに言うのであればな。腕は確かなようだし」

わずかに眉をよせたものの、国王は顎《あご》を撫でながらうなずいた。

「ありがとうございます」

深く礼をとってから、こちらに千弦が近づいてくる。

まっすぐに牙軌を見下ろし、段上から目の前にするりと片手を差し伸ばした。

「今より、おまえに私の警護を任せる」

静かに与えられた言葉。

牙軌は何かに操られるように無意識に、震えるように、その手をとった。

さらりとして温度の低い、なめらかな手。

触れた瞬間、心臓が壊れるかと思った。

初めて、信頼を得たのだ。生まれて初めて、認めてもらった。自分の存在を。

ずっと、後ろ指をさされるだけの人生だった。歯を食いしばり、それを剣で跳ね返してきたつもりだった。

自分を見下す者たちを、たたき伏せるようにして。

自分のためだけでしかない、独りよがりな剣だ。……その分、反感も買ってきた。

だが、それを…、この方を守るために使ってもいいのだろうか……？

おそるおそる顔を上げた牙軌の目を、千弦のまっすぐな眼差しが貫いてくる。

「離れるな」

心が、身体が震えた。

ひざまずき、作法通り、そっとその甲に口づける。

まわりが驚いたようにざわめいた気配にも気づいていなかった。

臣下の礼としては最敬礼になるが、千弦がそれを許すことはめったにないのだと、牙軌はずいぶんとあとになって知った。

この日、牙軌の運命は変わったのだ――。

◇　　◇

牙軌が警護役として千弦の側についていて、二年ほどがたった。

千弦にしてみれば、ネコの時に助けてもらった礼というつもりはなく、ただあの時、競技会で優勝した者が故意に選定から外されたことに不条理を感じ、その場の思いつきで口にしたことだった。本当は、とりたてて警護を必要としていたわけではなかったから。

しかし、よい拾いものだったと思う。

当初はやはり、いろいろと言ってくる者は多かった。謀反を犯した者の直系の孫を、世継ぎの側近につけるなど危険すぎる――と。

だが千弦は相手にしなかったし、牙軌も声高にそれに反論することなく、ただ黙々と、自分のなすべき仕事を果たしていた。そうすることで少しずつ、敬遠する者たちに認めさせた。

近衛兵とは別に、通常の警護はもちろん、王宮を離れて視察や休養に出た場合など、牙軌は本当に千弦の休む部屋の前で一晩中、起きているようだった。

そのおかげで、お忍びで出かけた先で出くわした盗賊を捕らえたこともあったし、近衛隊の警備の隙《すき》を突き、気が触れたようにいきなり千弦に抱きつこうとした使用人の男を、一太刀で切り捨てたこともあった。

常に側にいるせいか、あの男も一位様の守護獣の一匹だな、と、陰で言われるようになっていたくらいだ。

千弦の守護獣として知られるペガサスが、ほとんど人前に姿を見せないせいもあるのだろう。

守護獣というのは、基本的に主の側にいるものだが、しかし実際のところ、ペガサスは連れ歩くにはあまりにも目立ちすぎる。

なので、ふだんは千弦の暮らす離宮から外へ出ず、王宮内にいてさえ、ペガサスの姿を見かけることはまずない。

いや、そもそもペガサスは特別な守護獣なので、常に千弦の側にいるわけではなく、遠く離れたところからでも十分に守護できるのだろう、と思っている者が多い。その方が都合がよかったので、千弦としてもあえて否定していなかった。

ただその存在が完全に伝説化してしまわないように、年に一度、年始の儀式の時だけ、公に姿を現すようにしている。

千弦はペガサスの他にも鷹《たか》を守護獣にしていたので、そういう意味では、牙軌は一番新しい守護獣と言える。

守護獣たちはそれぞれに持つ能力が違うわけだが、牙軌に関しては剣の腕と、そしてなによりも寡黙なのが気に入っていた。

　さしたる用もないのに近づいてきて、見え透いた追従を並べ立てられるのには飽き飽きしていたし、仕事上で、自分のミスや不手際をくどくどと言い訳する者たちにもいらだつ。

　その点、牙軌は執務中に同じ部屋にいても、ムダなことはいっさいしゃべらなかった。

　側においていても気にならず、むしろ安心感がある。

　この二年で、牙軌が数日以上、千弦の側を離れたのは一度だけだった。

　あれは、千弦が牙軌を警護役としてとりたてて、まだ三カ月にならないくらいだっただろうか。

　千弦の暮らす離宮の宝物蔵から、宝石などが大量に盗まれる騒ぎが起こった。

　奥宮のさらに奥まった場所だ。外から押し入ったような痕跡《こんせき》はなく、犯人は当然のように、中にいる人間だと推察された。

　そして真っ先に疑われたのが、牙軌だった。

　千弦についてからまだ日も浅く、なにより、その「素性」があったからだろう。

　宮中警備隊の中で組織された特別捜査隊がその捜査、探索に当たっていたのだが、千弦のもとへ牙軌の取り調べの許可を求めてきた。

「宝物蔵の中には、牙軌の匂いが残っていたという報告があります」

　と、それを根拠にして。

　その隊長は、内心ですでに牙軌を犯人だと決めつけているようだった。

守護獣の中にはきわめて鼻の利く動物もいて、その主は王宮内のみならず、市中で起きる事件の捜査にも協力していた。その能力は十分に信頼できる。

だから、匂いがあったことは事実なのだろう。だとしても。

「それは、牙軌も何度か蔵へは入ったことがあるからな。それを言えば、私の匂いも残っているはずだが？　先に私の取り調べはしなくてもよいのか？」

相手の言い分を一応聞いてから、千弦はことさら穏やかに微笑み、皮肉で返した。

古文書や儀礼書、式典の備忘録なども置いてある場所だ。人をやって取りに行かせることもあり、そこそこ出入りはある。匂いが残っていたのは数人ではないはずだった。

「まさか、一位様が……」

一瞬、言葉を呑み、隊長が引きつった笑みを見せる。

「ならば、ことさら牙軌を疑う理由にはならぬだろう」

「しかしその男は……」

「謀反人の血筋だからか？　だが泥棒の血筋ではあるまい」

「一位様っ」

いくぶんからかうような言葉に、隊長が思わずというように声を上げる。

「牙軌、おまえが盗んだのか？」

千弦は、やはりただ黙って机の横に立っていた牙軌に静かに尋ねた。

「いいえ」

と、短く一言だけ、牙軌が答える。

まっすぐに千弦を見て。

千弦としては、それだけで十分、信用に足りた。

が、やはり他の者はそういうわけにもいかないのだろう。

「ともかく、この男の部屋の捜索をさせていただきたい」

強硬に訴えた隊長の言葉に、千弦は「どうだ？」と聞くように、ちらっと牙軌を見上げる。

「かまいません」

と、やはり淡々と牙軌は答えた。

そしてすぐに行われた牙軌の部屋の探索で、盗まれた宝石のいくつかが発見されたのだ。

隊長は鬼の首でも取ったような勢いで、それを千弦の前に差し出した。確かに、それは千弦の所蔵する儀礼用の宝飾品だった。

「ほう…、おもしろいな」

それを見て、千弦は小さくつぶやいた。

「動かぬ証拠です！」

「動かぬか？　少なくとも、牙軌の部屋からここまで持ってこられたのだろう？　かなりの距離を動いてきたように見えるがな」

鼻息荒く言った隊長に、千弦は少しとぼけたように返した。

「じょ…、冗談を言っているのではありませんっ」

隊長が真っ赤になってわめく。

「冗談のつもりではないが」

千弦は軽く肩をすくめた。

あたりまえのように、誰かが動かすことはできるのだから。

「この男は盗んだものをわざわざ自分の部屋に隠すようなマヌケではないよ」

実際、誰かが盗んだものを牙軌の部屋に隠すことなど、たやすいはずだ。なにしろ、一日のほとんどの時間を千弦の側で費やしているのだ。盗まれるものもないので、鍵《かぎ》などもかけていないらしい。

だが、それではっきりしたこともある。

犯人はあらかじめ、牙軌に狙《ねら》いを定めて犯人に仕立てようとしたのだ。

とはいえ、自分の部屋から盗まれたものが出た以上、取り調べを避けることはできない。

連れて行かせる前に時間をとり、千弦は確認した。

「おまえ、誰かに恨みを買っているようなことはないのか？」

「恨み…、ですか。特に心当たりはありませんが」

自分が疑われているその状況で、しかし牙軌の表情は特に変わらなかった。

それでもちょっと考えるようにしてから、静かに口を開く。

「ただ妬《ねた》みならば、かなり買っているのかもしれません。……これほど、一位様のお側近くに仕えているのですから」

追従には感じられない、淡々とした口調だった。

なんだろう…、牙軌には、覚悟のようなものが見えた。

王族の、しかも世継ぎの皇子の側近くに仕えるというのは特別なことだ。誇りや名誉を感じていいはずだった。実際、他の者ならばそれを素直に顔や口に出す。

だが牙軌は、初めからそういった言葉を口にすることはなかった。表情にも出さない。

それだけに研ぎ澄まされた気迫を感じた。

ただ、千弦の側にいること。その身を守ること。

それだけを、自分に課しているようだった。

信念——にも似て。

『面倒《めんどう》な千弦の世話をして、心身ともにすり減らした上に妬まれるのでは割が合わないな』

と、騒ぎに気づいたのか、めずらしく姿を見せたペガサスのルナが口を挟んできた。

「どういう意味だ…」

テーブルに肘をつき、千弦はむっつりとうめいた。

『私は牙軌が来てくれたおかげで、ずいぶんと楽になったよ。愚痴を聞かされることが減ったからな』

肩でも回すみたいにパサパサと翼を動かし、ルナがどこか楽しげに言ったのに、牙軌は軽く頭を下げただけだった。

　やはりルナを最初に見た時には驚きもあったようだが、何度か顔を合わせるうちにその存在にも慣れたらしい。

　夜寝る前などに、ルナはちょこちょこと千弦の部屋に顔を出すのだ。

　……千弦としては、別にルナに愚痴を垂れた記憶など……あまり、なかったが。

　しかし実際、「一位様」という立場はストレスが多い。やるべき仕事も多い。

　何気なく、他意もなく自分の出した言葉一つで、誰かの立場が変わったり、首が飛んだりすることもある。それを思えば、表面上は穏やかに、あるいはただ事務的に、誰とでもフラットに対するようにしているのだが、やはり不満やいらだちは募る。

　以前は、あまり表立って吐き出すことのできないそんな毒——主に無能な人臣や官吏に対してなどだ——をルナを相手に口にしていたこともあったが、そういえば最近はいつも牙軌が側にいるので、その時々で、ぶつぶつと発散させていたのだ。牙軌だったら、茶々を入れてくるルナと違って黙って聞いてくれるし。

　そろそろよろしいでしょうか？　と、外で待たせていた捜査隊の隊長が、痺《しび》れを切らしたように声をかけてくる。

　千弦はちょっとため息をついた。

「少し我慢してくれ。取り調べとは名ばかりになりそうだがな」

犯人と決めてかかっている以上、取り調べ方法はおそらく、かなり手荒なものになるはずだ。

「大丈夫です」

牙軌はいつものようにただ淡々と答えて、連行されていった。

千弦は直ちに、宝物蔵での捜査に協力した弟皇子を呼び、その守護獣が嗅《か》ぎ分けた匂いの主をすべてリストアップさせた。

そしてその中で一人、目についた男がいた。

例の奉武祭の時、決勝で牙軌と戦った相手だ。牙軌を買収しようとしていたところを、千弦も目にしていた。

男は奉武祭のあと、弟皇子の身辺警護役に抜擢されていたが、まだ皇子が赤ん坊でもあるので、今のところは宮中警備隊に所属したままだった。

さらにその男は、今回の盗難事件の捜査チームにも名を連ねていたのだ。千弦の前には隊長しか顔を見せていなかったので、あの時にはわからなかったが。

その男ならば牙軌に恨みもあり、牙軌の部屋に宝石を隠すことも可能だし、なにより隊長に進言して牙軌へ疑いの目を向けさせることも簡単だろう。

千弦は近衛隊の一部に命じ、その男に絞って身辺を調べさせ、同時に、秘密裏に監視をつけた。

すると三日後、男が他の仲間たちと集まって盗んだ宝石を山分けしている現場を押さえ、捕らえることができたのだ。牙軌が宝物蔵へ出入りしているのを目にして、初めから罪を着せるつもりで計画したらしい。

牙軌はもどされたが、思った通り、拷問に近い取り調べを受けたらしい。体中にひどい痣《あざ》や鞭《むち》の痕が残っていた。

世継ぎの側近を疑い、無益な傷を負わせた上、犯人を身内から出したのだ。

真っ青な顔であやまってきた、捜査を指揮した隊長と、その上官にあたる警備隊長の処分を、千弦は牙軌本人に任せた。

が、牙軌は、「かまいません」と、相変わらず淡々と言っただけだった。

それもあり、千弦は結局、彼らを降格処分だけですませてやった。

「申し訳ありません。お側を離れました」

自分の受けた扱いに憤った様子もなく、ただそれだけをあやまった牙軌に、千弦は肩をすくめた。

「私が行かせたのだからな。数日休んで、身体を治せ」

そう言ったが、牙軌はそのまま、いつも通り、千弦の警護についていた。

離れるな――と、あの時千弦に言われた言葉を忠実に守り、いつ、どんな場所でも側にいた。

本当に、いつでも側にいるのが自然で、あたりまえになっていた。

これほど近くに、一日の人半を一緒にいて気にならない人間も初めてだった。

しかし二年もたつと、それが不思議にも思えてくる。

自分の前にいる時は、常に寡黙で、何か聞かれた時以外に口を開くことはない。

千弦の好みや、体調なども完全に把握しているようで、少し寒いな…、と思えば、口にする前に羽織を持ってきてくれたり、視察で疲れたような時には、誰も部屋に入れず静かに寝かせておいてくれる。

もともと千弦は、「一位様」としての立場、その仕事と、自分のプライベートとの境はないに等しい状態だったが、そういえば、牙軌は一人でいる時は何をしているんだろう…？　と今さらに、疑問に思った。

常に側にいる、とはいえ、牙軌だって人間だ。睡眠をとらなければ生きていけないわけだし、食事の時間もあるだろう。

そんなことを思うと、妙に気になってくる。

今まで、それが責務を行う上で必要でなければ、誰かの生活になど関心を持ったことはなかったのに。

「どうかされましたか？」

知らず、じっと牙軌の顔を見つめていたようで、さすがに怪訝そうに牙軌が尋ねてくる。

問われるまでそんな自分に気づかず、ハッと我に返り、いや、と千弦は首をふった。

考えてみれば、疑問に思うならば直接聞けばいいだけだった。それで事はすむ。これまでもそうしてきた。

だがそれを牙軌に尋ねるのは、妙に気が引けた。というか、おもしろくない。

なぜか…、自分が知りたがっていることを知られたくない気がした。

「少し疲れがたまっているようだ。今日は早めに休む」

夕方を過ぎた頃にそう伝えると、はい、と牙軌はいつものようによけいな口はきかず、静かにうなずいた。

着替えて寝所に入った千弦に、おやすみなさいませ、と口にして下がっていく。

そしてあとは、近衛兵の通常の警護に任せたようだ。

問題が起こっている時でも、他国からの客がいるような時でもなかったので、千弦の神経に障らないよう、警備は離宮内の定期的な巡回と、建物を囲む形で行われている。

そっと抜け出して、牙軌の様子を見に行くのは簡単だった。

……黒ネコの姿であれば。

「牙軌が一人の時に何をしているのか、見てみたいのだ」

と、いつになくワクワクした気持ちで言って、魂を黒ネコと入れ替えてもらうように頼むと、ルナはちょっとあきれたようだったが、頼みは聞いてくれた。

黒ネコの身体を借りた千弦は、テラスからそっと部屋を抜け出した。

その間は、ルナが千弦の身体を見ていてくれる。厳密には、千弦の中のネコを眠らせておいてくれるのだ。

さすがに自分の意識がない間、自分の身体に何かあったら大変だ。

ほんの、ちょっとした好奇心だった。時々している気晴らしの延長。

ただ、目的が決まっているだけだ。

千弦付きの警護になってから、牙軌は離宮近くの兵舎に部屋を与えられていた。確か、近衛隊の者たちが多く入っているところだ。その一番端。

牙軌が離宮から出るのを、先まわりして物陰で待ち、あとをつけていく。

まっすぐに自分の部屋に入った牙軌は、しかし上着を羽織り、刀を手にしたまま、またすぐに出てきた。

そのまましばらく山側の方へと歩いて、敷地のかなり端の方までやってくると、数人の兵士たちと合流する。

「今日は早いですね！」

と、気づいた誰かが朗らかな声をかけたのに、よく顔を出しているのだと知れる。

どうやら、自主的な剣の鍛錬の集まりのようだった。

集まっているのは、みんな二十歳前後くらいの若者だ。彼らの持つ刀の鞘の色はさまざまで、つまり所属している部隊がそれぞれに違うということだ。

牙軌が今手にしている刀の鞘は、渋い青というか、紫にも近い青鈍色《あおにび》だった。

他にこの色の鞘を持つ者はおらず、もちろん刀身も銘のある、特別な刀だ。千弦が側近に取り立てた時、下賜したものだった。

なにしろ牙軌がもともと持っていたものは、手入れこそよくされていたがさほどモノがよいとは言えなかったから。

千弦は近くの木の上にするりと飛び上がって、牙軌たちの訓練を眺める。

やはり腕は牙軌が一番いいようで、言葉は少ないなりに教えている立場のようだ。牙軌としても、自分の腕がなまらないように、という配慮なのだろう。

牙軌は特定の部隊に属しているわけではないので、ふだんの訓練というものがない。

ということは、他の兵士のように「同僚」と呼べる人間もいないわけで、ちょっと気の毒な気がした。訓練や仕事のあと、一緒に語らったり、飲んだりする相手がいないということだ。

とはいえ、以前にいた警備隊では、やはり出自の問題か、まわりとうまくやっていたようでもなかったから、まあいいか…、と勝手に思う。

千弦の立場では、自分がまわりの都合に合わせることはまずない。まわりが自分の都合に合わせるのだ。それが普通だった。

彼らは真剣だったが、見ているだけの千弦は木の上で退屈して、くったりと寝そべって眺めていた。

そしてようやく、日が沈むくらいになって切り上げたようだ。

「またお願いします！」

と、まだ十七、八くらいの若者が、牙軌に向かって声を張り上げ、一礼している。

ここに集まっている連中は牙軌の出自にはこだわりがない、というより、純粋に剣の腕に心酔しているのだろう。

それにうなずいただけで応えて、牙軌はもと来た道を帰っていった。千弦も身体を伸ばし、そのあとをついていく。

自分の部屋の近くまで来ると、牙軌は井戸のあたりで立ち止まって、いきなり服を脱ぐと、上半身をはだけさせた。

すでに肌寒いくらいの季節になっていたが、頭から井戸の水をかぶって汗を流している。

兵士用、あるいは使用人用の風呂もあるはずだが、その方が面倒がないのか。

山の端《は》に隠れようとする夕日に照らされ、そのがっしりとした身体が影になってくっきりと浮き立つ。

自分とはまるで違う…、望みようもない、たくましい男の身体だ。

憧《あこが》れるわけではないが、その姿にふいにドキリとした。

そしてそんな自分にちょっととまどう。

自分を守る立場の男なのだから、そうでなくては困る——と、心の中で冷静に考えながらも、あの身体に守られているのか…、と思うと、妙にこそばゆい気がする。

それから水気を切るように頭を何度かふってから、牙軌は自分の部屋に入っていった。

千弦は素早くドアの反対側へ走ると、ちょうど立てかけてあった古い作業イスのようなものへ飛び上がる。片脚が壊れていて安定が悪かったが、それでも身体を伸ばして窓から中をのぞきこんだ。

明かりがついていなかったので薄暗かったが、牙軌が中で着替えている気配は伝わってきた。

一間きりの小さな部屋だ。隅のベッドの他は、小さなテーブルとイス、壁に服が二、三着だけ、フックに引っかけられている。

着替えを終えると、再びドアを開けたのに、千弦もあわててくるりと身体の向きを変えた。

と、目の前には千弦のいる離宮への小道が続いており、建物の一部も垣間見える。

もちろん、千弦が生活をしているのはもっと奥の方になるわけだが、何か異変に気がつけばすぐにでも走って行ける距離だ。

急いで兵舎をまわりこむと、牙軌の後ろ姿が見え、あわててあとを追いかけた。

牙軌が入っていったのは、離宮の下働きの使用人たちがいそがしく立ち働いている炊事場のようだ。

すぐ隣の部屋では、十人ほどが入れ替わりで食事のできる大きなテーブルがあり、庭師らしい一人連れが端ですわって食べている。

牙軌も炊事場で食事をもらい、テーブルの反対端で一人腰を下ろして、黙々と夕食をとっていた。

部隊に入っていれば、仲間たちと一緒にとれるのだろうが、牙軌の場合は、一人で食べているらしい。

それでも、調理人らしい太った中年の女が飲み物を持ってきてくれたり、顔見知りらしい連中とも短い挨拶《あいさつ》程度はかわしている。

食事のあとで、やはり下働きらしい娘に洗濯を頼んだり、部屋にもどって丹念に刀の手入れをしたり。

なんと言うことはない、おもしろみもない日常の行動なのだろうが、千弦には妙に興味深かった。

それからも時々、時間がある時に、千弦は牙軌の後ろをちょろちょろしていたが、基本的に行動パターンは同じようだった。時折、夜になってから一人で剣の鍛錬をしているくらいで。

汗がにじむくらい何度も同じ型を繰り返して、身体に馴染《なじ》ませている。

他の兵士たちのように、休みに王宮の外へ遊びに出ることもないようだ。

……もっとも、千弦が「休み」というものを与えていないせいかもしれないが。

正直、忘れていた、というか、考えたこともなかった。

それで不平を言われたこともなく、いらないんだろうな、とやはり勝手に思っている。

千弦自身に決まった休みがあるわけではなく、休みたい時に休んでいるわけで、牙軌もそれに合わせている……とも言える。

まあ、もちろん、何か不満があっても口にすることはないのだろうが、不満があるような気配はなかった。

そう、明鏡止水、というのか、常に乱れることなく落ち着いている。ように見える。

それが千弦にも、精神的に安心と安定をもたらしているのだろう。

そんなふうに何度か牙軌のまわりをうろうろするうちに、うっかり見つかってしまったことがあった。例の、他の若者たちと剣の訓練をした帰りだ。

牙軌が刀を使うのは見ていて心地よいが、やはり教えている時などは途中で眠くなってしまいそうとしていた時だった。

「おまえ…、ミリアか？　こんなところまで遠征しているのか？」

そんな声にハッと顔を上げると、目の前に牙軌が立っていたのだ。

「千弦様の許しは得ているのか？」

答えを期待してるわけでもなかろうが、首をかしげて尋ね、しゃがみこんで腕を伸ばしてくる。

「来い。寒いだろう？　連れて帰ってやるから」

うながされて、千弦はちょっととまどったものの、うかがうように前足を伸ばして牙軌の腕の中へ収まった。

牙軌が黒ネコを抱き上げたまま、歩き出す。

季節は初冬を迎え、確かにこの姿でうろうろするのも寒くなっていた。

牙軌の腕の中は温かく、気持ちがいい。

ミリアについては、守護獣ではなく普通のネコだ、とだけ、牙軌には説明していた。

「私が見つけた子ネコの時は、鳥に襲われてひどいケガをしていたから、そのまま手元においているんだよ」

――と。

それは嘘ではなかったが、それ以上のことを伝えるつもりはなかった。

牙軌も素直にそれを信じているようだ。

ただ、ミリアが普通にネコである時には、ミリアにとって牙軌は単に顔見知りの主の警護役でしかないので、わりと素っ気ない態度だったが。

歩調の心地よい揺れと温かな体温に、そのまま眠ってしまいそうだったが、離宮のテラスのあたりでさすがにあせって飛び起き、名残惜しく男の腕から抜け出して、一人で中へもどる。

テラスのガラス扉越しに、しばらくじっと牙軌がこちらを見ているのがわかった。

ネコを心配して、というより、やはり千弦のことを考えているのか。

そう思うと、ちょっと満足する。

そしてそれは、年が明けてまもなくのことだった。あわただしい年始の儀式なども一通り終わり、ようやく少し息をついたくらいだ。

すでに夜も更けていたが、千弦はふいに思い立って、ひさしぶりに黒ネコの身体を借りて外へ出た。

さすがに真冬の寒さはネコには――人間にとっても――つらかったが、このところ牙軌が自分についてまわる黒ネコに気づいて、部屋に入れてくれるようになっていたのだ。

布団の中に入れてもらって、朝帰りしたこともある。……ルナにはあきれられたが。

自分のベッドとは比べものにならないほど硬く、シーツや布団も粗末なあつらえだったが、牙軌の体温がある分、温かかった。

白い息を吐きながら、この夜も早く温かい布団に入れてもらおうと、千弦は結構な速さで走り、とりあえず窓から中をのぞきこむ。

もしどこかへ出かけていれば無駄足になるが、こんな時間に牙軌が外へ出るようなことはまずなかった。

窓を引っかければ、すぐに中へ入れてくれる。

部屋の中は明かりもなく、青白い月の光が差しこんでいるだけだった。

すでに寝ているのか、布団が丸く盛り上がっている。

急いで窓をたたこうと、前足を伸ばした時だった。

あぁ…っ、とせっぱ詰まったか細い女の声が聞こえてきて、思わずビクッ…、と身体が固まった。

一瞬、状況がわからなかった。

混乱したまま、なんだ…？　と思う。

しかし明らかにその声は部屋の中から聞こえていて、よく見ると薄い布団の中で何かがうごめいていた。

牙軌――だ。もちろん。

シーツからかいま見える上半身は裸のようで、うつ伏せの状態で激しく身体を動かしている。

低いうめき声と、荒い息づかいと。

月に照らされた、どこか苦しげな横顔。

そして牙軌の身体の下には、若い女が組み敷かれていた。髪を乱し、身体をくねらせて。

それを認識した瞬間、頭の中が真っ白になった。

何をしているのか――わからないわけではない。もちろん。

千弦にしても子供ではないのだ。そろそろ二十歳になろうかという、健全な男だ。

とはいえ、ほとんど経験はなかったが。

正直、さほど興味もなかった。覚えておいた方がいいだろう、と何人か寝所に女を送りこまれたことはあったが、結局、二度めを呼んだ相手はいなかった。

そうでなくともやるべきことは多かったし、……そう、妃などは決まるべき時になれば決まるだろう、義務の一つというくらいの感覚でしかない。

実際に、そろそろ決まっていい年だったが、千弦の正妻にしても、愛妾にしても、水面下で重臣や貴族たちが盛大な駆け引きを繰り広げているようで、その鍔迫《つばぜ》り合いがすさまじく、今までずるずると来たようだ。

性欲――は、ほとんど感じなかった。

ただルナにいろいろと教えられて、知識だけはあった。それだけに、こんなことで自分は王家の種を残せるのだろうか…、という不安は少しばかりあったが、まあ、子ができなければできないで、さして問題になるとも思えなかった。

なにしろ、兄弟は多いのだ。その中から、できのよい子供を生んでくれれば、その者に継がせればいい。

そんなふうに考えていた。

それだけに不意打ちだったのだろうか。

気がつくと、千弦は逃げ帰るように部屋にもどっていた。

心臓がものすごい音を立てていた。これほど動揺したことは、おそらく人生で初めてだった。

他人の交合をまともに見たのは初めてで、その衝撃だったのか、それとも——？

『どうした？』

と、怪訝そうなルナの問いにも答えず、もとの身体にもどると、隠れるみたいに自分の布団へ潜りこんだ。

頬が熱く、体中が火照《ほて》っていた。

忘れろ。つまらないことだ……。

そう自分に言い聞かせるそばから思い出した。脳裏に焼きついたみたいに、あの時の牙軌の横顔がまぶたから離れない。押し殺したような声と息づかいが、繰り返し耳の中によみがえる。

知らず、千弦は自分の下肢へと手を伸ばしていた。

自分の中心に触れ、それが形を変えているのに気づいて——いや、自分がそれを慰めようとしていることにあせってしまう。

しかし何か熱い衝動に呑みこまれるように、千弦は夢中で自分のモノを手の中でこすり上げた。

あっ…、と短い声を上げて達する寸前、牙軌の横顔が目の前に浮かぶ。

――あんな姿を見せるからだ…っ。

まったくの八つ当たりだとはわかっていたが、心の中で罵《ののし》る。

その夜、千弦はほとんど眠れなかった。

そのままいつもの時間に起きて、……そして、いつもと同じ平静な顔で、牙軌が姿を見せる。

何もなかったような、まったく同じ顔。

あたりまえのことなのに、それがなぜかだまされていたようないらだち、どうしようもない腹立たしさを覚えた。

ゆうべは自分の知らない顔で女を抱いたくせに――、とその光景が逆流するみたいに頭の中によみがえった。

自分に見せない顔が、いくつもあるのだ。

カッ…、と怒りというか、悔しさというか、自分でもわからない感情がいっぱいにこみ上げていた。

さすがに、千弦の様子がおかしいと気づいたのだろう。

「何か？」

牙軌が首をかしげて尋ねてくる。

しかしその瞬間、千弦はぎゅっと拳を固め、吐き出すように口にしていた。

「牙軌、これよりおまえには西方国境守備隊への転属を命じる。すぐに発《た》て」

必死に押し殺した声で、ただ事務的に、ぴしゃりと告げる。

それに、わずかに牙軌が目を見開いた。

どのくらい――いや、ほんの一秒もなかったのだろう。まっすぐにおたがいの視線が絡み合う。

いつになく、すぐに返事がない。

当然だ。あまりにも唐突だった。

理不尽な命令のはずだった。それでもそっと息を吸いこんでから、はい、とだけ、牙軌は答えた。

理由を聞くこともなく。

おもむろに手にしていた刀をスッ…、と机の上にのせた。

「こちらをお返しいたします。一位様の御身を守るためにいただいたものですから」

そしてピシリと居住まいを正すと、一礼して、失礼いたします、と部屋を出る。

部屋の中で朝の支度をしていた侍女たちが、あぜんとしたように立ち尽くしていた。

「おまえたちも部屋を出ろ…！」

いつになく厳しい口調で命じられ、侍女たちもあわてて外へ飛び出す。

一人になって、知らず荒い息が唇からこぼれた。

『今朝の一位様はずいぶんとご機嫌斜めだな』

どこから聞いていたのか、おやおや…、とルナが姿を見せる。

『辺境へ飛ばすほど、牙軌にどんな落ち度があったのだ？』

いらっとするほど、のんびりとした口調だった。

……そう。落ち度があるわけではない。

ただ。

「あの男の顔を見たい気分ではないだけだ」

大きく息を吐き、むっつりと答えた。

『またずいぶんとわがままな暴君だ』

ルナが低く笑う。

「それが許される身だからな」

千弦は傲然《ごうぜん》と言い放つ。

生まれてこの方、それだけの働きはしているのだ。わがままの一つや二つ、許されてしかるべきである。

『何を拗《す》ねている？　牙軌とて生身の男だ。寝る相手が欲しい時もあるさ。おまえとは違うよ』

楽しげなそんな言葉に、千弦はじろっと横目にルナをにらんだ。

どうやらゆうべの事情など、すべてお見通しらしい。千弦が妙な様子で帰ってきたあと、確かめに行ったのかもしれない。

「私が生身の男ではないような言い方だな」

ふふふ…、と長い首の奥でルナが笑った。金色のたてがみがさざ波のように揺れる。

『いや、おまえも生身の人間だとわかって、私としては楽しいし、とてもうれしいよ』

そんなふうに返されて、しかし千弦はちょっと意図を図りかね、眉をよせる。

どういう意味か聞こうとしたが、その前にルナが口を開いた。

『牙軌に女がいたからといって、おまえが拗ねるようなことではないだろう？』

「別に拗ねてなどおらぬ」

ふん、と視線をそらして、千弦は無意識に髪をかき上げながらイライラと答える。

『怒るようなことでもない』

「怒っているわけではないっ。ただ…っ」

思わず叫んで、そして自分の感情にとまどう。

自分でもわからない。ただ、ひどく。

「……気に入らないだけだ」

うめくように、ようやく言葉を押し出した。

『おまえにしては感情的な措置だな。牙軌はそれほど特別な男か？』

静かに指摘された言葉に、ハッとした。

ドクン…、と心臓が鳴る。

――特別……なのだろうか？

確かに、他の兄弟たちが女を作ったとしてもさして気にならなかっただろう。実際、すでに愛人を抱えている弟もいる。

性欲に対して、潔癖なわけではない。
だが牙軌は――我慢できなかったのだ。
許せなかった。悔しくて、腹立たしくて。
『相手の女を特定して首をはねようなどと考えるなよ』
釘を刺すようなふりで、しかしからかうみたいな口調だった。
「まさか、そのようなこと……」
千弦は鼻で笑ったが、あらためて言われると相手の女のことも気になってくる。
どんな女なのだろう？　と。
牙軌は……その女のどこが気に入ったのだろう？
直に見て、顔や身体を確かめたい衝動に駆られてくる。
それと同時に、泣きたいような、叫び出したいような思いがこみ上げてきた。
本当に、感情に任せてその女をどうにかしてしまいそうな自分に驚く。
一位様と呼ばれる立場で。
聖獣を守護獣に持ち、常に正しく、公平に、国や人を導いてきたはずなのに。
ただの愚かな人間のようだった――。

劣情が顔に出たのだ…、と思う。

自分の何が千弦を怒らせたのか。

その理由は告げられなかったが、牙軌自身にはわかっていた。

前夜、女を抱いた。だが、抱きながら頭の中に浮かんでいたのは別の顔だった。それ以前にも、こらえきれず、一人で夜、自分を慰めたことはある。

――夢想だに許されない人の顔を思いながら。

感情を表に出さないことには慣れていた。千弦相手でも、ずっと隠し通せるつもりだった。

だがあれだけ聡明な人であれば、たやすく見透せたのだろう。想像ではあっても、汚されたのだ。

千弦の怒りは当然だった。

これ以上、側においておきたいはずはない。

いつだったか、いきなり千弦に襲いかかり、牙軌が斬って捨てた男と、結局は自分も同じなのだ。

下劣な思いを、ずっと腹の中に隠し持っていたのだから。

◇　◇

西方国境は大陸中央部へと続く要衝で、陸路では諸外国から北方一帯への玄関口ともなる、主要な街道が通っている。

とはいえ、間には険しい山脈を挟み、国境守備隊の冬場の任務は厳しいものがあった。

まったくの時季外れに、単身でこんな辺境へまわされてきた——端的に言えば飛ばされてきた牙軌に、守備隊の兵士たちはあからさまに好奇の目を向けていた。

いや、飛ばされた理由は、牙軌が来る前からかなり広まっていたようだった。

つまり「一位様の不興を買った」と。

一位様の警護役というのは、それだけで名誉な、おそらくは月都の全兵士の中でももっとも羨望《せんぼう》を受けてしかるべき立場だ。もともと身分があるわけではなく、一兵卒からなろうと思ってなれるものではない。生涯に一度あるかないかの僥倖《ぎょうこう》である。

それをみすみす手放した牙軌を、まわりは同情というより、むしろ哀れみと嘲笑をもって迎えた。

「いったい何をやらかしたんだ、おまえ？」

「あの一位様を怒らせたとなると、もう二度と都付きの役目にはもどれねぇなァ…」

西方国境の本営に到着したとたん、そんな揶揄《やゆ》の声が湧いて出た。

だがもとより、牙軌としてももどれるとは思っていない。

何を聞かれても、ただ黙殺しただけだった。

本来、触れることなど許されない人だった。近づくことすらできない人の側で、何年も過ごすことができたのだ。

それだけで過ぎた幸せだった。

おそらくは、他の人間の知らない千弦の顔も見ている。

世間に知られる「一位様」といえば、ペガサスを従え、たぐい稀なる能力と知性とで国を繁栄させている、月都の守り神そのものだった。

厳しく不正をただす清廉さと高潔さ、弱者に向ける優しさ。そして国を守るためには冷徹に、非情な対処もいとわない。

その美貌も相まって、ほとんど神に等しい崇拝を受けていた。

近寄りがたい高貴な存在だ。

牙軌にしても、それに近いイメージを抱《か》いていた。

だが間近に見る千弦は、そんな絵に描いたような単純な存在ではなかった。

いや、外に向ける顔は、まぎれもなく「一位様」なのだろう。仕事で対する官吏たちには、震え上がるほど要求も厳しく、的確で、王宮を訪れる客たちに対しては見惚《みほ》れるほど優美な物腰で。美しく、賢く、完璧《かんぺき》を絵に描いたような貴人に見える。

だが部屋の中で一人、あるいはルナを相手にしている時などは、少しばかり身にまとう空気が違っていた。

何か、完璧な人型から生身の人間が抜け出して来たような印象だった。

それこそ、あの美しい唇から辛辣《しんらつ》な毒舌も巻き散らかしていたし、いきなり切れたように仕事を放り出してふて寝することもあった。

外に対して見せている穏やかな、洗練された微笑みではなく、素の不機嫌な顔も、いらだった顔も、拗ねたような顔も――牙軌は何度も見たことがあった。

「偶像の私とは違うだろう？　幻滅したか」

クスクスと笑って、そんなふうに聞かれたこともある。

実際、千弦はルナとはまるで仲のよい友人か兄弟のように、よく口ゲンカをしていた。

社会的、政治的な、高尚な意見のぶつけ合いの時もあったが、多くはたわいもない内容だった。本当に、そのへんの若者が飲み屋で友人とするような。

遠慮なく言い合う姿に、初めは少し驚いたものだ。やはりペガサスというと、もっと神々しく、ご神託を下すような厳かなイメージがあったから。

だが千弦やルナにも言われたように、幻滅するようなことはなかった。

生身の人間だとあらためて知るだけに、日々こなしている仕事量に驚き、その知性と聡明さには目を見張るばかりだった。

だが千弦が本当に手の届かない、触れることすら恐れ多い存在のままであれば、こんな劣情を抱くことはなかったのかもしれない。

あの細い身体を抱きしめ、組み敷いて、思いを遂げる――そんな想像すら、できなかっただろう。

アノ時にどんな声を上げるのか、どんな顔を見せるのか。

顔を見るたびに考えてしまった。頭の中で、力ずくで奪い、犯してしまったこともあった。

神ではなく、偶像でもなく、人なのだと知ってしまったから。

その人は、自分に価値を与えてくれた。

そして生まれて初めて、無条件の信頼をくれた。牙軌が盗みを疑われた時——ただ牙軌の言葉のみを信じてくれたのだ。

ずっと側にいられれば幸せだった。いずれ千弦が妃を迎えても、どれだけ愛妾を抱えても。

だが…、そろそろ限界だったのかもしれない。

これでよかったのかもしれない…、と思う。

あのまま側にいたら、きっと取り返しのつかないことをしていただろうから。

都落ちしてきたとはいえ、一度は一位様の側近く仕えた男だ。そうでなくとも都から遠く離れた辺境で、守備隊の兵士たちは宮中の噂話には飢えている。

当初は好奇心を抑えきれず、兵士たちも牙軌にいろいろと絡んできたものだったが、牙軌の方は例によってほとんど口を開かなかったので、だんだんと相手にしなくなっていた。

そして雪の降りしきる寒い中、当てつけのように塞外《さいがい》の哨戒《しょうかい》や見張りにばかり当番が割り振られたのは、新入りというだけではなく、この本営の守備隊長のあからさまな嫌がらせなのだろう。

牙軌がここに来た当初、やはり剣の腕前についても話が流れていたらしい。競技会で勝ち上がり、それがあって一位様に取り立てられたのだと。

それで、この隊でもっとも腕の立つと言われる男との手合わせを、隊長から命じられたのだ。

どうやら隊長の子飼いらしいその男を、しかし牙軌はあっさりとあしらってしまったことで、かなり機嫌を損ねたらしい。

こんな辺境の軍には中央の監視の目もなかなか届かず、実質的にすべてが指揮官の支配下にある。牙軌としては面倒な立場になったわけだが、……まあ、そんな境遇には慣れていた。

その隊長に目をつけられないように、他の兵士たちも牙軌からは距離をおくようにしていた。

しかしそんな中で一人だけ、牙軌にやけにかまってくる男がいた。

虚弓《こきゅう》という名の、二十歳前後――牙軌と同い年くらいだろうか。

牙軌がこの西方国境へ来た日からほんの数日遅れで、同様に新しく配属されてきた男である。同じ新人同士、という気楽さからなのかもしれないが、ずいぶんと馴《な》れ馴れしい様子だった。

まあ、愛想も人当たりもよい男で、牙軌よりは遥かにすんなりと部隊に溶けこんでいたのだが。

すらりと細身で背が高く、兵士としてはめずらしく、丸い眼鏡をかけている。やわらかくウェーブのかかった髪を首の後ろでまとめ、敏捷《びんしょう》そうな身のこなしではあったが、一見、武人とは思えない。

「おまえ、前はどこの部隊にいたんだ？」

と、他の兵士たちに聞かれ、

「私は偵察隊にいたんですよ。ですから、あまり剣などは得意じゃないんです」

と、あっけらかんと答えていた。

「偵察隊？　それがなんでこんなとこに飛ばされたんだよ？」

ちょっと驚いたように、他の男が尋ねている。

偵察隊といえば、所属自体は近衛隊にあったと思うが、なかば独立した一部隊だった。軍総帥直轄になる。

それだけに、配属替えというのはめずらしい。

「いやぁ…、それがですね…。うっかり手を出した女が上官の奥さんだったりしたものですから、さすがに逆鱗《げきりん》に触れましてねぇ…」

ハハハ…、と虚弓が愛想笑いをしたのに、兵士たちがどっと受けた。

「そりゃ、また、顔に似合わず剛胆だな！」

「いや、向こうから誘ってきたんですよぉ？　エロい身体の熟女でねぇ…」

「そりゃ、うらやましいや」

兵士たちは拍手喝采《かっさい》をしている。やはりその手の話題はいいネタのようだ。

「それで、あなたはどうしてこんなところへ？」

思い出したように、黙々と食事をしていた牙軌を振り返り、虚弓が尋ねてくる。

牙軌はちらっとそちらを見ただけで、答えなかった。

代わりにまわりの兵士が口を挟む。

「コイツは一位様の機嫌を損ねて飛ばされてきたのさ」

「信じらんねぇだろ？　いったい何をしてあの一位様を怒らせたんだかなァ…」

聞こえよがしな声を張り上げる。

牙軌はさっさと食事を終え、食器を返して食堂をあとにした。

「牙軌！」

それをわざわざ虚弓が追いかけてくる。

「同じ新人同士、仲良くやりましょうよ。……あ、今晩、一緒に歩哨《ほしょう》みたいですよ？」

そんな人懐っこい男を牙軌は特に相手にしなかったが、虚弓は気にした様子もなかった。

夜番の最中でも懲りずによく話しかけてきて、牙軌の方は十回に一度返す程度だったが、まあ、他の人間よりは話している方だったのだろう。

「寒いですよね…、ホント。都に帰りたいと思いませんか？」

雪の中、夜番で立っている間、ぶるっと身体を震わせてそんなふうに無邪気に、――あるいは無邪気なふりで尋ねてくる。

牙軌はこの男に、どことなく胡散臭《うさんくさ》さを拭えなかった。陽気さも気さくさも、あえて作って見せているような。

「帰りたくないんですか？　会いたい人とか…、恋人とか、いないんですか？」

そんな問いにも答えなかったが、もとより牙軌に帰ろうというつもりはなかった。

むしろ距離ができたことで、少しホッとしたところもあった。これだけ遠く離れていれば、少しくらい心の中で思ったとしても許される気がする。手の届かないこの場所からなら。

口にするつもりなどなかった。だがせめて、自分の中でだけは思うことが許されるだろうか…。

ひと月ほどした真冬の夜も、牙軌は夜番の任務に就いてた。通用門の警備だ。

夜中外に出ているのはさすがに凍死しかねないので、定期的な巡回になる。が、それでも肌を刺すような寒さだった。

詰め所から出て、決められたコースをまわっていく。

しかし国境守備隊だけに、本営の敷地は広く、山沿いで足下も危うい場所が多かった。勢い歩くスピードは落ちる。しかも雪で視界が悪い。

厚手の外套《がいとう》を着こんではいたが、ドアを開いたとたん、外気で急速に体温が奪われていく。

と、そのドアの手前でか細い鳴き声が耳に届き、牙軌はふっと廊下の隅に目をこらした。

薄暗い中にさらに深く、闇《やみ》がわだかまっている。

キラリと二つの目が光った。鮮やかな金色の目だ。

「ミリア…？」

知らずかすれた声でつぶやくと、牙軌はわずかに目を見張り、無意識に近づいて腕を伸ばしてみる。

ちょっとためらったようだが、黒ネコがのっそりと牙軌の腕の中に収まった。

「千弦様はお変わりないか…？」

小さな前足を軽く握り、かすれた声で尋ねてみる。

ネコが首をかしげるように、みゃあ…と鳴き、牙軌は自嘲《じちょう》するように白い息を吐いた。

「……おまえに聞いても仕方がないか」

大きさも同じくらい。ミリアとよく似たネコだった。だが、もちろんそんなはずはない。こんなところにいるはずがない。

誰か兵舎の中で飼っている者がいるのだろうか？　と思ったが、今までそんな気配はなかった。

まさかこの寒さの中で、野良が避難してきたのか。

こんな辺境の地でも、少し下ったところには小さな街がある。

山越えをして行き来する商人たちや、この本営の兵士たちを当て込んで、酒場や娼館《しょうかん》などもそれなりににぎわっている。

非番の夜に抜け出してそこへ通う者も多く、この本営にこっそりと馴染みの娼婦を呼ぶ上官もいるくらいだ。

その出入りの間に入りこんだのかもしれない。

少し考えたが、牙軌は大きな外套の中へネコをすっぽりと収めると、その上からしっかりとボタンをとめ直し、雪深い外へと足を踏み出した。

世界中のすべての命が眠っているように、静かな夜だった。足下で雪が軋《きし》む音だけが耳をこする。

カンテラであたりを照らしながら、牙軌は定期的なルートをたどっていった。

いつもと同じ、厳しい夜番だったが、いつになく胸のあたりは温かかった。

王宮にいた時、何度かミリアを布団に入れてやったことを思い出す。意外と好奇心は旺盛《おうせい》なようで、よく部屋を抜け出して外へも遊びに出ているようだった。

あんな目にあったというのに、懲りなかったらしい。

千弦の部屋でよりも、なぜかミリアとは外で顔を合わす方が多かった。

牙軌はミリアがたまに自分の部屋に来ていることを、あえて千弦に告げていなかった。わざわざ言うほどのことではない、というのは表向きの言い訳なのだろう。

千弦の可愛がっているネコが自分にも懐いてくれるのが、何かを共有できているようでうれしかった。千弦の触れているものに、自分が触れられることが幸せだった。

……勝手な、自分一人の思いだったが。

千弦はあまり寒さに強い方ではなかった。今年の冬は、こんな辺境にいるせいか、例年より一段と寒さが厳しいように感じる。

体調など崩していないか、少し心配になる。

千弦はまわりの人間、出来事には驚くほど目端が利くが、自分のこととなるとまるで気にかけていなかった。

神がかったように集中すると、二、三日、まともに食事もせずに仕事をしている時もある。高熱を出していても、自分で気づいていないことや、疲労がピークに達していきなり倒れることもあった。

もともと、それほど身体が丈夫な方でもないのだ。

それだけに、牙軌が途中で声をかけて寝かせる時もあったし、ルナと相談して王宮を離れ、休養をとらせたこともあった。

もちろん自分でなくとも、そのあたりを気をつけてやる人間はまわりに多いはずだったが。

ネコを連れたまま見まわりを終え、凍える息を吐きながら部屋へもどると、ひさしぶりに黒ネコを抱いて眠った。

ネコが鼻先を喉元にくっつけてきて、ヒゲがくすぐったく、……少し胸が痛い。

手触りも、漆黒の光沢も、目の色も。腕に抱いた大きさや重さも。

本当にミリアのようだった。それとも、自分がそう願っているから、そんな気がするだけだろうか。

いつになく温かく、ぐっすりと眠って、しかし起きた時には黒ネコの姿は消えていた。

おそらく、本営にこっそりと商売に来ていた娼婦が連れていたのではないかと思う。

だが牙軌にしてみれば、まるで一夜だけ、寒い夜を慰めに来てくれたようだった――。

◇　◇

牙軌を辺境へ飛ばしたのは、確かに自分だった。

しかしあの時の怒りが収まるにつれ、千弦は妙に落ち着かない気持ちになっていた。

ふだんと同じように仕事をしていても、何かが足りない。安定しない。

実際、牙軌がいたとしても、具体的に千弦の仕事を手伝ってくれていたわけではないのに。

立っているついでにと何かを取りに行ってもらったり、準備してもらったり、ということはあったが、それに代わる侍女や秘書官などは何人もいる。

それでも無理やり仕事に集中していて、無意識に「牙軌、寒い」と文句を言うみたいに口をついた時には、自分でもちょっと驚いた。

そう、牙軌がいれば、千弦が肌寒さを感じる前に羽織を持ってきてくれたり、部屋の暖炉に薪《まき》を増やしてくれたりしていたから。

いや、そうだったな、ということに初めて気づいた。

だがやはり何よりも、安心感だろう。

側にいるだけで、その気配が近くにあるだけで、気持ちが落ち着いていられたのだ。

実際問題として、千弦が王宮の中で襲われるなどということは、ほぼありえないことだったから、通常の警備に不安を覚えているわけではないのに。

その不在が長くなるにつれ、小さな埃が積もるように、いらだちも募っていた。

官吏たちへの当たりがきつくなり、よけいにピリピリと、無用の緊張を強いているのが自分でもわかる。

一日の仕事が終わると、どっと疲れが肩にのしかかった。

ミリアの身体を借りて遊びに行こうという気にもなれない。

『機嫌が悪いな。侍女たちがビクビクしているぞ？』

夜になると、ただぐったりとベッドに身体を投げるだけになった千弦に、ルナがとぼけたように声をかけてくる。

千弦は怠惰に、うつ伏せに身体を伸ばしたまま、じろっと横目で相手をにらんだ。

――わかっているくせに。

自分の不機嫌の原因など。

だが結局、自分のしたことなのだ。

ルナがベッドの側へうずくまり、鼻先を千弦の顔のすぐ側へよせる。

『今、どんな気持ちだ？』

静かに聞かれ、千弦はそっと息をついた。

「すっきりしない。気が重い。頭がもやもやする」

愚痴のように吐き出す。そして、ちょっと自嘲気味に笑ってしまった。

「何も変わらないはずなのにな…。牙軌が来る前と」

明晰な頭脳は、ごまかすこともできずに、それが理由だとわかっていた。

牙軌がいなくなってからの自分の変調を考えると、他に理由などあるはずもない。

慣れてしまっていたのだろう。あの男の存在に。

空気のように側にいることがあたりまえになって、いなくなって息苦しくなるまでその価値に気づかない。

『そうだな。だが人の気持ちは日々変わっていくものだ。おまえも人間だからな』

「人間だから……ね」

不思議なことに、時々忘れそうになる。

もちろん人間なのだが、まわりから要求される「偶像」のレベルはそれを遥かに超えている。

そしてそうあるべく、自分を作ってもきた。

別にそれは、苦痛ではなかったはずだ。生まれてからこれまで、普通にこなしてきたことだ。

なのに、なぜ今になって、それがつらいのか。

『牙軌はおまえを人として受け止めていたからな。だが、ただの人ではない。そのあたりが難しいところだろうな』

ほとんど他人事《ひとごと》に、ルナが言う。

……もちろん、この天馬にとってはまさしく他人事なわけだが。

『それで、おまえはどうしたいんだ？　おまえは何でも、自分の好きなようにできる立場だろう？』

何かそのかすみたいに、からかうみたいにルナが尋ねてくる。

そう…、確かに、望めば何でも手に入れられる立場だった。牙軌を呼びもどすことなど簡単だ。

だが呼びもどしたとして、……それから？

自分が何をしたいのかわからなかった。

以前のように警護役につけて。それで、自分の気持ちが落ち着くのだろうか？

ルナが言っていたように、牙軌もいい年の男だ。都に帰ってくれば、やはり同じように生真面目に千弦の警護を務めるのだろう。

だが、その生活すべてを縛ることはできない。人生を拘束することはできない。

……女を抱くことも、だ。

思い出しただけで、カッ…、と頬が熱くなった。

胸の奥が詰まって、涙がにじみそうになる。無意識にぎゅっと、指先がシーツをつかんだ。

あんな姿をまた見せつけられるのであれば、このままでもいい――と思う。

まるで子供がダダをこねているようだと自分でも思うが。

『おまえの側近をしていたところから、辺境へ飛ばされたとなると、それだけでまわりの目は冷たかろう。一位様に疎まれたということだからな。牙軌も辺境で苦労していることだろう』

ルナがわざとらしくしみじみと言って、千弦は小さく唇を噛む。

「牙軌はそのようなことで弱音を吐く男ではない」

ムッとして言い返すが、『おまえが飛ばしたのだろうが』と指摘されると、さすがに体裁が悪い。

実際には何の落ち度もなく、なのだ。

「そのうち…、呼びもどす。私の側近でなくとも、王都警備隊のしかるべき地位をつけてな」

本当に振りまわしているな…、と自分でもわかっている。

ふーん？　とルナがそれに鼻で答えた。

信用していないように、というより、だからそれで？　とでも言いたげに。

ムカッとして、千弦は枕をつかむと、それでペガサスの馬面をぶったたいた。

『いたたたたた…。聖獣に対してヒドイ扱いだな』

ルナが長い首で枕を殴り返し、口ほどにはこたえていないように軽く翼の先をはためかせる。

そして、にやりと笑って言った。

『牙軌に抱いてほしいのか？　あの女みたいに』

「なっ…」

瞬間、カッ…と頭に血が上った。

反射的に上体を起こし、握ったままだった枕をさらに激しく振りまわす。

『情緒面ではお子様だな』

それをあっさりとよけながら、クックッ…とルナが喉の奥で笑う。

「黙れっ」

千弦は噛みつくようにわめいた。

『簡単なことだろう？　呼びもどして命じれば、いくらでも気持ちよくしてくれるさ』

白い翼の先で器用に耳を掻《か》きながらぬけぬけと言うルナの姿は、とても神聖な聖獣には見えない。

千弦にはとっては馴染んだ、下世話な姿だったが。

「できるわけないだろうっ！」

気楽に言ったルナに、千弦は泣きそうになりながら声を張り上げた。

命令で、人の心を動かすことができないのは、千弦にもよくわかっていた。

だからこそ、その使い方、使いどころを把握して、人を動かしてきたのだ。

だがこれは……違う。

伽《とぎ》を命じるだけなら、たやすいことだ。だが自分が欲しいのはそういうことではないと、わかっていた。

離れるな――。

と、あの時、一言だけ命じた言葉の重さを思う。

牙軌はそれを忠実に守ってくれた。

だが、今自分が望むのは、きっとそれ以上の思いなのだ。

わがままな願いだった。

◇

◇

牙軌が辺境に来て、一年近くがたっていた。

短い夏はあっという間に過ぎ、このあたりでも先日あたりから雪が降り続いていた。まだ茶色の地面は残っていたが、そこが白く塗り替えられるのもそう遠くはないだろう。

牙軌としても、ようやくこの地の厳しい気候に慣れ始めたところだった。

この日、夕方近くなった頃、牙軌は主要な街道を少し外れた山沿いの道を見まわりに出かけていた。

ここひと月ばかり、街道を通る旅人の数は一気に膨らんでいた。主に商人たちだが、この数日では、近隣諸国の王家から派遣された使節たちも何組か、通過していた。

そういえば、遷都一二〇〇年祭の式典が近づいていたんだな…、と牙軌も思い出す。

今の地に都を移したことに由来する記念式典だが、月都の王家、月ノ宮司《つきのみやつかさ》家の祖先を祀《まつ》る儀式であり、同時に祖先たちに力を貸した守護獣たちを祀る祭事でもある。

例祭ではあるが、今年は節目の年でもあり、各国からの招待客や使節も多く派遣されていたのだ。

千弦様もいそがしくされているんだろうな…、と思いながら、山道を進んでいると、ふいに遠くの方で鋭い馬のいななきが耳に入った。

なんだ…？　とさらに注意深く耳を澄ますと、何やら激しく諍《いさか》うような物音が聞こえ、牙軌は急いでそちらへ走った。

すると、少し開けた場所で物盗りらしい一団と身なりのよい数人とが、人馬入り乱れてもみ合うように剣を交えている。

「何をしている！」

牙軌が一喝《いっかつ》すると、ハッとしたように、おそらくは山賊たちの首領が馬上からこちらを振り返った。

いかにも凶悪そうなヒゲ面だ。

とりあえず刀を抜いて、牙軌はその男へ向かっていった。

「クソッ！　守備隊かっ」

吠《ほ》えるように叫んだ男が、馬上から長剣をたたきつけるみたいに振り下ろしてくる。

牙軌は慎重にその切っ先を見切ってよけ、同時に突き上げた刀の先で男の握っていた手綱を断ち切った。

一気にバランスを崩し、うわぁっ！　と野太い悲鳴を上げて、男が馬から転がり落ちる。

「頭っ！」

他で争っていた手下たちがあわてたように集まり、牙軌を取り巻くようにして次々と襲いかかってきた。

「やっちまえ！　相手は一人だっ！」

頭が地面を転がりながらわめいたが、牙軌は瞬時に相手の立ち位置を確認し、的確に、最小限の動きで盗賊たちを薙《な》ぎ払っていく。

「ちぃっ！　引け…っ！」

目の覚めるような剣技に、とても敵いそうにないと踏んだのか、首領が憎々しげに吐き捨てて、男たちはあわてて馬を駆って姿を消した。

その後ろ姿をにらんでから、牙軌は小さなため息をつく。

どうやら盗賊たちに与えた傷は、思ったより浅かったようだ。

殺すつもりはなかったからそれなりに手加減はしていたが、……そう、千弦から与えられていた刀であれば、動きを止められるくらいの深手になっていたはずだ。今の刀では、そこまでの力加減が難しい。

「ご無事ですか？」

とりあえず、襲われていた方に向き直って尋ねた。

五人ほどの集団で、四十代から二十代くらいの男たちだ。

「おお…、月都の守備隊の方ですな？　助かりました。国境を抜けたところで街道から追われ、この山中で襲われましてな。いや、素晴らしい腕だ」

もっとも年配らしい口髭《くちひげ》の男が感嘆したように礼を述べる。

「いえ、こちらの警備不足です。申し訳ない。どちらかの使節の方でしょうか？」

丁重に尋ねた牙軌に、男がうなずいた。

「雪都《ゆきみや》の西山《せいざん》領より、ご領主の名代として式典に参加するためにまいりました」

「それは遠くから。……ああ、お着きの方が手傷を負われたようですね。あちらで手当をなさってください。この時刻であれば、今夜はそのまま本営で泊まられた方が安全でしょう。夜道はさらに危険になります」

牙軌の言葉に、かたじけない、と男が頭を下げる。

本営へ帰り、使節が盗賊に襲われたことを報告した牙軌に、隊長は驚いたようだったが、

「なんだと？　それで、一人も捕らえることができなかったのか？」

と、嘲笑するように吐き捨てた。

それでも使節の一行を助けたことに変わりなく、その手前、それ以上、厳しくも言えなかったようだった。

一人が盗賊に負わされた足の傷はかなり深く、二、三日は動けないということで、彼らはその間、本営にとどまることになった。

使節団の団長は、やはり年の功というのか、世慣れているらしく、守備隊の隊長にもしっかりと「礼金」を包んだようで、隊長も上機嫌で客をもてなしている。

牙軌としては、それで自分の役目は終わったものと思っていたのだが、しかし思いがけない方向へと話が進んでいた。

どうやら、団長が都までもまだ道中が長く、不安なので牙軌を警護につけてほしいと、隊長に願い出たのだ。

正直なところ、牙軌を指名されたことについて、隊長はまったく乗り気ではなかっただろう。しか

しそれなりの礼金を積まれている以上、突っぱねることもできなかったらしい。

なにしろ、式典に招かれた使節となると、国賓にあたる。警護も役目であろうし、月都の領内で襲われたとなると、大きな問題だ。

さらに言えば、隊長自身、そんなきらびやかな祭事が華々しく都で行われている中、自分がこんな田舎でくすぶっていることにいらだちを覚えていたようだ。

「大切な国賓の方々ですからね。牙軌だけでは心許《こころもと》ない。私も同行いたしましょう」

と、それに食いついたのだ。

牙軌自身は、都へというのは少し迷うところがあった。しかし昔と違って、王宮の奥まで立ち入るわけではないはずだ。

千弦の目に入るところでなければ気に障ることもないだろうか…、となかば自分に言い聞かせるようにして、同行することにした。

もとより、隊長から正式な命令があれば逆らうわけにもいかなかったが……しかし心の底では、遠くからちらっと千弦の姿が見られるかもしれない、という、浅ましい思いも否定できない。

結局、隊長の取り巻き二人と牙軌、そして虚弓もなぜか警護のメンバーに入っていた。

うまく隊長に取り入って、入れてもらったらしい。

賊に襲われることもなく、旅は順調に進み、隊長や使節の男たちは、毎晩にぎやかに飲み歩いていた。

その費用は使節の団長が出しているようだが、ずいぶんと羽振りがいいな…、と感心する。

雪都は五都の中でももっとも月都から遠く、西山領といえばさらに辺境の方だったと思ったが。そんなに栄えた土地だっただろうか、とちょっと不思議に思う。

そして、翌日には都入りをしようかという夜だった。

宿に入り、相変わらず隊長は下の酒場で機嫌よく飲んでいるようだったが、牙軌はもちろんそれにつきあうことはなく、旅支度を調えていた。

虚弓と相部屋だったが、やはり飲んでいるのか姿はない。

そうでなくとも、虚弓は姿が見えないことも多く、一度聞いたところでは、元偵察部隊だったことで隊長からいろいろと指示を受けて動いているということのようだ。先行して宿を決めたり、ルートに危険がないか調べさせたり。

と、ふいに部屋がノックされ、ドアを開けた牙軌の前に立っていたのは、使節団の一人だった。

少しよろしいですか？　と丁重に呼び出される。

怪訝に思いながらもついていくと、牙軌は使節団がまとまって泊まっている広い一部屋へと案内された。

部屋には使節団の四人の人間が集まっていた。残りの一人は下で隊長の相手をしているのだろうか。

「ああ…、牙軌殿。わざわざ申し訳ない」

わずかに白いものが混じった口髭を撫で、団長があたりのいい笑みで頭を下げる。

「いえ。何か？」

「実は折り入ってご相談があるのですよ」

そう言った男の眼差しが微妙に色を変えたのを、牙軌は察した。

ちらっと、他の使節団の男たちとも目配せをし、さりげなく他の者たちが牙軌の後ろの方へまわりこむ。

まるで、逃げ道を塞《ふさ》ぐような形で。

――何のつもりだ…？

と、内心で警戒しつつ、それでも素知らぬふりで団長に言った。

「相談とは…、警備上のことですか？」

「いえ。もっと大きなご相談です」

わずかに声を潜め、牙軌にすわるようにうながした。

一同が微妙な距離の車座になって、直に床へと腰を下ろす。

「あなたのことをね…、同僚の方々にいろいろとお聞きしたんですよ」

そんなふうに切り出した団長に、牙軌は無言のまま先をうながす。

「なんでも、月都の一位様のお側近くに仕えていながら逆鱗に触れ、西方国境へ飛ばされたとか？」

「まぁ…、そうですね」

それについて、否定するところはない。

「しかしあなたほどの腕をお持ちの方が、あのような辺境の地でこのまま朽《く》ちていくおつもりはないでしょう?」

おもねるように言われ、牙軌はただ淡々と返した。

「それも仕方のないことです」

「そんなに簡単にあきらめられる必要はないでしょう? もし……、どうですか? 一位様へのささやかな報復の機会とともに、大金が手に入るとしたら?」

そんな言葉に、牙軌はわずかに眉をよせた。

一位様への報復など、もとより考えたこともない。

が、確かに上官の不興を買って飛ばされた、という事実だけを見れば、自分が不満を持っている、という見方もできるのだろう。

「どうです? あなたも一勝負してみようと思われるんじゃありませんか?」

否定することは簡単だった。が、ここで話を打ち切ってしまえば、それまでだ。この男たちの狙いはわからない。大金——の意味も。

そっと息を吸いこんでから、牙軌は口を開いた。

「勝負とは?」

それににやりと団長が笑った。

それまでの上品な、身分のありそうな笑みではなく、仮面を脱ぎ捨てたしたたかな男の顔だ。

何者だ…？　と思う。そして、ようやく気づいた。

「おまえたち…、雪都西山領の領主の使節というのは偽称か？」

ぐるりと見まわして、低く確認する。

「手形は本物ですよ。……なに、途中で役目を引き継いだだけでね」

団長が穏やかな口調で答えた。

が、つまりそれは、本物の使節を襲って奪った――、ということになる。おそらくその使節団は殺され、埋められたということか。

「何のために……？」

知らずかすれた声で聞き返した牙軌に、団長が答えた。

「ですから勝負ですよ。私たちは『闇烏《やみからす》』と申す一団です。お聞きになったことはないですかね？」

朗らかに、楽しげに言われて、牙軌も小さく息を呑んだ。

耳にしたことはあった。北方諸国一帯を荒らし回っている盗賊団だ。

かなり大きな組織で、小さな盗みはしない。年に一度くらい、人の口に上るような大がかりな仕事を、鮮やかな手口でやってのける。

ごくたまに下っ端の方が数人、捕まることもあったが、その地の臨時雇いの者たちばかりで、首領や組織について知っている者はいなかった。

月都でも、数年前に大きな商家が襲われたと聞いている。

さすがに牙軌も、思わず目を見張って目の前の男をあらためて眺めた。

とても盗賊の頭とは思えない、温和で実直そうな雰囲気だったが、そう言われてみると貫禄のようなものがにじむ。

「聞き覚えはあるようですね」

満足そうに男がうなずく。

「つまり…、盗賊団が山賊団に襲われていたわけか？」

出会った状況を思い出し、なかば皮肉に言った牙軌に、男が頭をかいた。

「いやぁ…、あれは面目なかったですな。ちょっと油断をしましたよ」

「どこを襲うつもりだ？」

その問いに、男がのぞきこむようにして牙軌の顔を見た。にやりと笑う。

「王宮の宝物蔵ですよ。そのために、苦労して使節を装っているんです」

さらりと言われて、牙軌は思わず言葉を呑んだ。

「だが…、祭事の最中にか？」

ようやくかすれた声で聞き返す。

「だからこそ、油断があるんですよ。警備の手も他にとられているし、見知らぬ人間が王宮内をうろうろしていても怪しまれない」

牙軌は無意識に低くうなった。

確かに、その通りだ。実際、外への警備は万全だろう。しかしいったん中へ入れてしまった者に対しては、どうしても警戒が薄くなる。

「準備には一年以上をかけています。すでに下働きの者も王宮には潜入させているのですが…、やはりもっと内部にくわしい方が欲しいんですよ。できれば騒ぎにならないように仕事を終えたい。無益に警備隊とやり合いたいわけでもありませんからね」

「それで俺か…」

牙軌は小さくつぶやいた。

確かに宝物蔵はいくつもあるし、その場所や中身など、下働き程度では探ることはできないだろう。あるいは警備の状況や、巡回ルートなども。

「ええ。あなたも一位様には一泡吹かせてやりたいと思うでしょう？　私はあなたの腕にも惚れているんですよ。できればこの先も助力をお願いしたい」

身を乗り出すようにして、熱心に頭――なのだろう、団長の男が言った。

牙軌はわずかに考え、低く尋ねる。

「断ったら？」

瞬間、背後、左右から殺気が立ち上る。

一瞬、空気が止まり、ぎゅっと毛穴が収縮したのがわかる。

目の前の男だけが、ゆったりとした様子で微笑んでいた。

「私としても月都の王宮を襲うなど、一世一代の仕事ですからね。実は今夜、この宿に泊まっている者の大半は私の仲間なんですよ。すでに商人に混じって都入りをしている者も多い」

なるほど、下準備は万全ということらしい。

もちろん、この男の手先になって王宮の蔵を荒らすつもりなどなかった。だがここで騒ぎを起こし、数人を捕らえるよりは、あえて彼らの中へ入り、他の仲間たちともども捕らえた方が効率がいい。

「……いいだろう」

頭の中でそんな計算をし、牙軌がうなずいた時だった。

「おもしろそうな話をされてますね」

言葉通り愉快《ゆかい》そうな声が、いきなり背後から聞こえてきた。

後ろにいた男たちもあせったように、ガタガタッといっせいに立ち上がり、一人がバッとものすごい勢いでドアを開く。もちろん数人は抜き身の刀を構えて。

ドアのむこうに立っていたのは虚弓だった。

牙軌はわずかに目をすがめる。

「おまえ…、聞いていたのか!? いつからそこに……!?」

盗賊の一人が驚いたように声を上げる。

気配を感じなかったのだろう。牙軌にしても同様だ。

それに虚弓が喉で笑った。

ひょい、と軽快な様子で刀をかいくぐり、中へと入ってくる。

「私は偵察部隊にいたんですよ？　盗み聞きは得意なんです」

そう言われると、なるほど、と思い出した。

「その話、私にも一枚噛ませてもらえませんか？　私も牙軌と同じく辺境へ飛ばされてきた身で、不遇を託《かこ》っていますからね。いつまでもあんなところにいたくないですし、抜け出すには金がいる。剣の腕は牙軌ほどじゃありませんが、きっとお役に立つと思いますよ？」

そんなふうに言った虚弓を、頭が値踏みするように眺めて、ほぅ…、とつぶやく。

「偵察部隊ですか…」

「ええ。王宮でそういう仕事をしたいのでしたら、一番大切なのは守護獣対策ですよ。もちろん考えてはいらっしゃるんでしょうが、動物たちはやっかいですからね」

意味ありげに言った虚弓の言葉に、ふむ…、と頭が顎を撫でた。

「何か有効な手があると？」

「ええ。私も王宮にはよく出入りしていましたからね。守護獣たちの弱点や、寄せつけない方法などは、他の人よりは心得ているつもりですよ」

そんな言葉に、頭が何度かうなずいた。

「なるほど、なるほど。これはよい方と知り合えたようだ。守護獣については、私もあまりくわしくない。番犬のような感覚でいたんですが…、よく知っている方についていただければ何よりだ」

にやりと頭が笑い、虚弓に向かって手を伸ばした。

「よろしくお願いしますよ、虚弓殿。では少しばかり、話を詰めておきましょうか」

うながされるまま、虚弓が牙軌の横に腰を下ろした。

その前に、頭が大きな王宮の見取り図を開いて見せ、牙軌はわずかに目を見張る。

かなり正確なものだった。こんなものがたやすく作られるようでは、王宮内の警備体制も少し見直す必要がある。

計画のあらましを聞き、あとは使節団が中へ入ってから、状況を見て決行日や細かい手筈《てはず》を整えるようだ。

虚弓の口にした守護獣対策というのは、牙軌が聞いていてもなかなか的を射ているようで、頭の男もうなずいていた。

基本的には動物なので、それぞれの気性に合わせて気を逸《そ》らせておくことが重要なのだ。さらに式典の最中であれば、主が自分の守護獣を連れていることも多いわけで、その間は比較的安全だと言える。あとは匂い対策や、吠えられた時などの対策。

「おまえ、本気なのか？」

一通り打ち合わせてから、虚弓と一緒に部屋へもどった牙軌は、静かに尋ねてみる。

「ええ、もちろんですよ。楽しそうじゃないですか。あなたは違うんですか？」

虚弓がやわらかそうな前髪をかき上げて、にっこりと返してきた。

それには答えず、牙軌は淡々と口にする。

「やつらの仕事が成功したとして、そのあと連中が俺たちを生かしておくかどうかは疑問だと思うがな」

もともとの仲間ではないのだ。利用するだけ利用して、頭の顔を知った自分たちを殺すことも十分に考えられる。

ゆったりと腕を組み、虚弓が低く笑った。

「ええ…、そうですね。でも頭はあなたのことはずいぶんと気に入っていたようですけどね？　あなたは本気で仲間にしたいんじゃないですか」

意味ありげに言われ、牙軌は肩をすくめた。

虚弓がクスクスと笑う。

「いいんですよ。連中は私を利用するつもりかもしれませんが、私も彼らを利用しているだけですから。……実は私には、王宮内で他に目的があるんですよ」

意味ありげに瞬いた眼差しを、牙軌は怪訝に見上げた。

「何の目的だ？」

にやりと笑い、虚弓がそっと、牙軌に身体を寄せてきた。

耳元で、吐息のようにささやく。

「一位様ですよ」

瞬間、牙軌は息を呑んだ。

「一位様……？」

知らず、かすれた声がこぼれ落ちる。

「ええ。何度か近くでお姿を見たことがありますが…、あれだけ美しい方だ。一目で心を動かされてしまいましたよ。もちろん自分のモノにできるなどと大それたことは考えていませんが、……ならばせめて一度、触れてみたいと思うでしょう？」

にこやかに聞かれて、しかし牙軌は答えられなかった。

「一度だけでも思いを遂げてみたい。あの方が私の下で泣いて、あえいで、許しをこう姿を見てみたい…」

うっとりとささやくように口にする虚弓を、牙軌はただ呆然と凝視するしかなかった。

頭の中は真っ白で、しかし身体の芯がふいに、ジン…、と熱くなるのを覚える。

「考えたこと、ありませんか？」

探るように聞かれ、牙軌はようやく我に返るように首をふった。

――バカな……！

自分を罵《ののし》り、ようやく息を吐き出してかすれた声で言った。

「一位様には、ペガサスがついている……」

「ええ、手強い守護獣ですよね。さすがに私もペガサスへの対処法はわかりません。けれど、ペガサスはほとんど王宮内にはいないという噂も聞きますよ？」

うかがうように聞かれて、牙軌はわずかに視線をそらせてしまった。

確かにそうかもしれない。あれだけ千弦の側にいた牙軌でも、そう頻繁に顔を合わせていたわけではない。千弦のいる離れの奥の部屋にいるはずだが、気配を感じることは少なかったのだ。

「大きな式典であれば、客たちへの挨拶に引っぱり出されている可能性もありますし、騒がしいのを嫌って王宮を離れている可能性もある」

その指摘を、牙軌は否定はできなかった。あのルナならありそうなことだ。

「ああ…、考えただけでゾクゾクしますよ。ですから私は、闇烏の連中が騒ぎを起こしてくれるのであれば、その隙に私の狙うモノを手に入れたいと思っているんです」

楽しそうに声を弾ませる男を、牙軌は呆然と見つめた。

「おまえ、本気か……？」

「ええ、私にとっても一世一代の勝負ですよ。けれど、一位様の肌に触れられるのであれば、そのくらいの危険は冒す価値がある。違いますか？」

そう、とも、違う、とも牙軌には答えられない。

いや、触れてはいけないものなのだ。牙軌にとっては。

そんなふうに触れることなど、決して許されない。

牙軌はそっと息を吸いこんだ。

「勝手にしろ」

あきれたふりで吐き出すと、自分のベッドへ身体を伸ばした。

危険だ――、と思う。この男は、あの盗賊たち以上に危険だった。

布団の中で小さく唇を噛む。

遠くから、垣間見られたらいいだけのつもりだった。だが、このまま見過ごすことはとてもできない。

翌日、予定通り、使節の一団は月都の王宮へと入場した。

手形はしっかりとしており、疑いなく招き入れられたようだ。

国境守備隊の隊長たちがわざわざ警護についたことで、さらにその信憑性も高まったのだろう。なるほど、頭が自分たちを連れたがったのも、そういう意味があったのかもしれない。

守備隊の方に襲われたところを助けていただいた、と頭が大げさに礼を述べたこともあり、牙軌というより、隊長が上役からその労をねぎらわれ、式典の末席へ連なることを許されたようだった。

牙軌としては、自分の姿が千弦の目にとまらないように、もちろん自分の顔を知っている者は多いので、あまり騒がれないように、王宮内ではフードを被るようにして、盗賊たちと、そして虚弓の動きを警戒していた。

しかし盗賊たちはともかく、虚弓は実に神出鬼没というのか、すぐに姿を消し、また思わぬところに姿を見せた。偵察部隊というのは、なかば密偵のような役割も持っているのかもしれない。

さすがに王宮内の構造なども熟知しているようで、その動きを把握しておくのは難しかった。少しばかり気持ちがあせってしまう。

数日続く式典だったが、盗賊たちは素早く決行日を決め、襲う蔵、宝の持ち出し方や逃げ方なども手際よく詰めていった。

盗みが気取られないように、各蔵から貴重なものを選んで奪い、使節団の持ち物の中に隠してそのまま持ち出す計画のようだ。実際に式典で使われている宝石類も多く、たまたま蔵の中で宝石が消えていたりしても、しばらくはどこかへ入れ間違っているのだろう、くらいにしか思われないのかもしれない。確かに、盗賊たちには絶好の機会だ。

厳かに、そして華やかに続く儀式の、一連の式典の間、牙軌は遠くから何度か、千弦の姿を見ることができた。

特別な衣装を身にまとった姿は覚えている以上に美しく、参列者たちからもため息のようなものがこぼれていた。

こっそりと千弦の離宮近くまで行ってみた時には、ちょうど遊びに出てきたらしいミリアと出くわした。

牙軌は手を伸ばして名前を呼んでみたが、黒ネコは考えるように小首をかしげ、近づいてはこなかった。そのまま飛んで逃げる。

忘れられたか…、とちょっと自嘲する。

一年だ。無理もなかった。

側にいられない自分に、千弦のためにできることなどなかった。

ただ千弦の知らないところで、気持ちを煩わせないように、すべてを未然に防ぐつもりだった。

そして、式典も最終日の夜――。

打ち合わせた通りの時間に、最初に狙った蔵の前に盗賊たちは集まっていた。

鍵を手配した者、見まわりが来ないか見張りをする者など、あらかじめ潜入させていた仲間たちも、
牙軌の前に初めて顔を見せる。

虚弓の姿もあるのを、牙軌はしっかりと確認した。この男から目を離すわけにはいかなかった。

この蔵の位置は、千弦のいる離宮にも比較的近く、どうやら虚弓は、頭に指示された「守護獣対策」をしていたらしい。

いくつもの鍵を開け、重厚な蔵の扉を開く。

どこから湧いて出たのか、何人もの盗賊たちが中へすべりこみ、さすがに手慣れているように、次々と宝を袋に詰めていく。

頭は戸口のところで満足そうにそれを見守っていた。

――と、いきなり、薄暗かった蔵の前がいくつもの明かりに照らされた。

「えっ…？」

「何だ…っ？」

戸口近くにいた盗賊たちがいっせいにざわめく。

それと同時に、数人の兵が蔵の入り口を取り囲むようにして姿を現した。

「罠《わな》にかかったな、愚かな盗賊どもめっ！」

嬉々《きき》として声を張り上げたのは、国境守備隊の隊長だった。

盗賊たちの決行を前に、牙軌がその計画を隊長に報告したのだ。牙軌一人で、数十人からいる盗賊団を捕らえることはさすがに難しい。

利己的で、気の合わない上官ではあったが、バカではない。使節団と謀《たばか》られて盗賊を引き入れた非はあるが、ここであの「闇烏」を一網打尽にできれば名も上がる——と告げた牙軌の策に、隊長は疑いながらも乗ってきた。

さらに牙軌は、かつて剣を教えていた若手の連中にも声をかけ、手助けを頼んでいた。

王宮警備隊や近衛隊に報告することもできただろうが、牙軌の言葉がどれだけ信用されるかあやしかったし、そこで騒ぎが大きくなり、盗賊たちの耳に入れば、連中は素早く姿を消すだろう。なにしろ、手下が王宮内のどこに潜んでいるのかもわからないのだ。

手勢としては盗賊たちの方がずっと多かったが、盗賊たちの大半は蔵の中に閉じこめられる形になる。

このやり方だと、式典の最中でも大きな騒ぎにならず、各国からの客たちにも異変を悟られる心配は少ない。

戸口付近で激しい斬り合いになったが、牙軌たちはなんとか、盗賊たちを押さえこんだ。

ようやく異変に気づいた宮中警備隊の連中があわてて姿を見せ、それに守備隊の隊長が口から泡を飛ばす勢いで誇らしく事情を説明している。

次々と縛り上げられていく盗賊たちを眺めながら、ホッと息をついた牙軌だったが、あっと思い出した。

――虚弓は…っ？

あわてて、捕らえられ、引き据えられている男たちの顔をひっつかんで確かめたが、虚弓の顔はない。蔵の中も探しまわったが、やはり姿は見えなかった。

しまった――、とあせって、離宮の方へと走り出す。

「あっ、おい、きさま！」

まだ状況がつかみ切れていないらしい警備隊の兵が声を上げたが、それを振り切った。

「牙軌！　どこへ行くつもりだっ⁉」

隊長の怒号も聞こえてきたが、無視してひたすら奥へと走る。

すると、突っ切った庭から離宮への回廊へ入ったところで、何かにぶちあたったように牙軌の足が止まった。

あっ…、と思わず上げた声に、数人の侍女とともに前を行っていた男が振り返った。

純白の、巫女にならった衣装に身を包んだ千弦だった。

荒い息で近づいてきた牙軌を認め、千弦の目が驚いたようにかすかに瞬いた。それでも、まっすぐな眼差しで見つめてくる。

「牙軌……か」

透明な声。

名を呼ばれただけで、心臓が震えた。

「なぜ…、ここにいる？」

そして淡々と口にした千弦に何も答えることができず、牙軌はただ立ち尽くした。

顔を合わすつもりはなかった。この人に不快な思いをさせるつもりはなかった。

それでもまともに顔を見て、声を聞くと、動けなくなる。

「きさま…！　何をしているっ⁉」

血相を変えて追いかけてきた宮中警備隊の隊長が、手荒く牙軌の肩を引きつかんだ。

「い…い、一位様っ⁉　も、申し訳ございませんっ！　私の部下がご無礼を…っ」

そのあとからようやく追いついた守備隊隊長が、あせったように頭を下げた。

この男にしてみれば、初めてまともに千弦の顔を見たのだろう。

「何の騒ぎだ？」

「い、いえ…、実はすぐそこで、使節団に潜りこんでいたらしい盗賊たちが蔵に押し入りまして…、それに、この男が関与しているのではないかと」

冷ややかな千弦の問いに、まだ状況が呑み込めていないのだろう、警備隊の隊長がしどろもどろに口にする。

「そ、その盗賊どもは、あらかじめ計画を察知した守備隊の者がすべて捕獲いたしておりますっ」

横から守備隊の隊長が声高に報告する。

「牙軌殿がお知らせくださったんですよ！」

と、薄暗い回廊の中、二人の背後から追いついてきた若い声が響いた。牙軌が剣を教えていた男の一人らしい。

「すべて牙軌殿の手配です！」

「おまえは黙っていろっ！」

振り返った守備隊の隊長が、憎々しげに叫んでいる。

「どういうことですっ？　まず宮中の警備隊に知らせがあるべきではないのですかっ⁉」

宮中で起こったことにも関わらず、後手に回った警備隊隊長が怒りに声を震わせる。

「黙れ」

三者三様の騒ぎに、千弦が片手を上げて一言口にすると、ぴたり、と聞き苦しい罵声や怒鳴り声が収まった。

「報告はあとで聞く」

静かに言われ、はっ、と隊長たちがかしこまった。

牙軌は騒ぎの中、ただじっと千弦を見つめていた。

かつて泥棒だと疑われた時、千弦は無条件に自分を信じてくれた。

だが今なら――どうなのだろう？

実際に、盗賊たちの仲間として動いてもいる。仲間のふりをしただけだ、というのは、言い訳にしかとられないのかもしれない。

なにしろ千弦の不興を買って、辺境に放逐された男だ。それも当然だろう。

「ほらっ、来い！　ここはもうおまえの立ち入ってよい場所ではないっ」

警備隊隊長が牙軌の肩をつかみ、強引に身体の向きを変えさせて、まるで罪人のように追い立てていく。

「牙軌」

その背中に、静かな声がかかった。

ハッと牙軌は足を止める。息も止まった。

「他の者は下がれ」

「一位様っ？　いえ、しかしこの男は…」

「よい」

静かに命じた声に、驚いたように警備隊隊長が声を上げたが、冷ややかな眼差しを向けられ、不承不承、姿を消す。

「おまえたちもだ」

淡々とした声が続き、侍女たちもそのあとから帰されたようだ。

その背中をぼんやりと見つめながら、牙軌は振り返ることもできなかった。

ただ、自分の息遣いだけが耳につく。

耳に馴染んだ軽い靴音が響き、ビクッ…と背中が震える。

「牙軌」

もう一度名前が呼ばれ、ようやくゆっくりと振り返った牙軌は、しかし千弦の顔も見られないままに、床へ膝をついた。

薄暗い中、長い純白の衣装の足下だけが目に映る。

「牙軌…、私がおまえを国境へ遠ざけた理由がわかるか？」

頭上から静かに聞かれ、はい、とようやく喉に引っかかるようなかすれた声がこぼれた。

見透かされていた、という恥ずかしさと情けなさを思い出し、カッ…、と一瞬、頭に血が上る。

「いや。おまえはわかっていない」

しかしぴしゃりと言い切られ、思わず顔を上げた。

「あれは…、私の八つ当たりだ」

千弦がどこか体裁が悪いように、わずかに視線をそらせる。

——八つ当たり……？

正直、意味がわからなかった。

それでも、ひさしぶりに千弦の……、表に見せる顔ではない、素の表情を目にして、胸が痛くなる。

そっと息をつき、流れ落ちるように伸びてきた白い指が、その指先がそっと牙軌の髪に触れた。揺れるような眼差し。

「もどってこい」

そして静かに言われた言葉に、牙軌は目を見張った。信じられず、頭の中が真っ白になった。

「一位様……？」

「おまえが必要だ」

言われた言葉に、胸がつかまれた。

うれしかった。大声で叫びたいくらいに。

――だが。

牙軌は硬く拳を握りしめ、押し出すようにしてようやく言った。

「いえ…。それは……どうかお許しを」

「なぜ？」

とまどったように、千弦が聞き返す。

「嫌なのか？　私の……側にいるのが」

張りつめた、かすかに震えるような声。

「……お許しください」

しかし顔を上げることもできず、ただそれだけを牙軌は絞り出した。

側にいることはできなかった。

たとえ、飛ばされた理由が自分の思っていたことと違っていたとしても、事実は何も変わらなかった。

この人の側にいて、自分を律することができる自信がない。きっと、毎日のように頭の中でこの人を汚す。

そしていつか――本当にやってしまいそうだった。それが何よりも恐い。

「わかった」

千弦の静かな声が頭上に落ち、くるりと背を向けるのがわかった。

牙軌は床へ膝をつき、頭を下げたまま、靴音が遠ざかっていくのを聞いていた。

遠く、扉の閉まる音が回廊に響き渡る。

牙軌はそっと息をついた。

何か、ケリがついた気がした。自分の中で。

すぐ側であの人を守ることができなくても、少し遠くから守っていければ本望だった。

しばらくその場から身動きできなかったが、ようやくゆっくりと立ち上がる。

閉じられた扉を見つめてしまう視線をようやく引き剝がし、踵《きびす》を返した時だった。

ガタン…、と何かが倒れたような音がかすかに聞こえた気がして、牙軌はふっと足を止める。

「おまえ…、何を……っ」

そして次の瞬間、千弦のあせったような声が耳に届き、牙軌は顔色を変えた。

――しまった……！

ようやく虚弓のことを思い出す。

くそっ、と心の中で吐き出し、全力で千弦の部屋まで走ると、そのまま扉に体当たりを食らわす勢いで中へ飛びこむ。

すると、目の前のソファの上で、千弦が男に押し倒されていた。

「きさま……！」

その怒号に顔を上げた男は――まさしく虚弓だ。

「おや、牙軌か。君も混ざりに来たのかな？」

とぼけたようににやにやと笑った男を、牙軌は思いきり殴りつけた。

――つもりだった。

「おっと…」

しかし虚弓はするりと身をかわし、軽やかに飛び上がるとソファの後ろへ身を移す。

そしてゆったりと腕を組んで、意味ありげに牙軌を眺めた。

「君だってしたいくせに。いつまでも我慢しているのは身体にもよくないと思うなぁ…」

「黙れっ！」

とぼけたように言われて、さらに激昂した。

そう、この男の言葉が嘘ではないだけに、平静ではいられなかった。

無意識に腰の刀を抜き、鋭い一閃で男の身体を薙ぐ。

しかし虚弓は鼻の先でかわして、さらに軽い身のこなしで後ろへと飛んだ。クックッ…と喉で笑う。

「そんななまくらな刀で私を斬るのは無理だよ、牙軌」

歌うように言いながら、すっと虚弓が手を伸ばした先に、別の刀が立てかけてあった。

見覚えのある、青鈍の鞘。牙軌の――牙軌が以前に与えられていた刀だ。

まだこの部屋に置きっ放しだったことに驚く。新しい警護をつけていれば、その者に与えているはずなのに。

虚弓が目の前でそれをするりと抜き放つ。

さすがに刃を弾く光が違った。

とても……自分の刀で太刀打ちができるとは思えない。

それでも、スッ…と息を吸いこみ、牙軌は刀を握り直す。

「きさまだけは…、片をつけておく……！」

叫ぶと同時に、牙軌は男の懐に斬りこんでいく。虚弓が胸元で受け止めた刃と、ギリッと噛み合った。

「おー、恐いな…」

うそぶきながらも、虚弓がちょっと目を見開く。

体格も違うはずだが、がっちりと受け止められて、牙軌はわずかにあせった。

いったん突き放して間合いをとり、間髪を入れず立て続けに斬りこんでいった。

「おまえなぁ…、ここまでムキになるほど千弦に惚れているのなら、自分のモノにしたいとは思わないのか？」

それをかわしながら、虚弓はさらに挑発を続けた。

「黙れと言っている！」

千弦は、誰かのモノになどしていい存在ではない。

さほど剣を使うようにも見えないのに、虚弓は切っ先を見切っているように寸前でかわしていく。

そして、すくい上げるように牙軌の気迫の一太刀を受けた瞬間、パシッ、と弾くような音が響き、牙軌の刃先が宙へ飛んだ。

瞬間、スッ…と牙軌の手から重さが消える。

グッ…、と奥歯を噛みしめた。

さすがにモノが違う。

牙軌の刀はなかばからたたき折られていた。

「おおっ…と」

飛んだ刃先が虚弓のこめかみをかすめ、一瞬、あせったように身体をよける。

その隙に牙軌は千弦をかばうようにしてソファの前に立ちはだかった。

荒い息をついて、じっと男をにらみ上げる。

「うせろ！　おまえには指一本触れさせん」

すさまじい殺気をみなぎらせて叫んだ牙軌に、虚弓がせせら笑った。

「自分では指一本、触れる度胸のない男の言い草とは思えんな」

言いながら、するりと伸ばした刀の刃先を牙軌の喉元に突きつける。

「千弦の名を呼びながら自分を慰めていたのに？」

「おまえ……！」

なかったとは言わない。だが、他の人間が知っているはずもない。

ハッタリなのか、見ていたように言われて、驚きと怒り、羞恥《しゅうち》で牙軌は言葉を失った。

「よく知っているだろう？　千弦など、世間で言われているほど完璧な存在ではないよ。わがままで、自分勝手で…、おまえにも平気で八つ当たりをしたのだろう？」

「違う。千弦様は……察していただけだ」

「ふーん？　単なる嫉妬だと思ったけどね」

苦しげにうめいた牙軌に、虚弓が指で眼鏡を直しながら肩をすくめた。

――嫉妬……？

牙軌はわずかに眉をよせる。意味がわからない。

「まあいいや。じゃあ、今から私が千弦を犯すのを、黙って指をくわえて見ているか？」

「俺が……、目の前でそんなことをさせると思うのか？」

圧倒的に不利な状況で、しかし牙軌は低く言い切った。

一瞬の隙を探した。

刃の折れた刀では、間合いが違う。だから相討ちでいい。

自分の身体に男の刀を受けている間に、確実に相手の息の根を止められれば――。

息詰まるような緊張だった。

と、ふいにやわらかく背中に触れた感触に、ハッと、牙軌は息を呑んだ。

「もうよせ」

静かな、千弦の声。

と同時に、ふわりと熱が、重みが背中にかかるのに、牙軌は混乱した。

細い腕が牙軌の身体を抱えこむ。

「千弦……様……？」

「もういい、ルナ」

どうやらその言葉は、牙軌に言ったものではなかった。しかし。

――ルナ？

◇

◇

やれやれ…、というようにルナが肩をすくめ、刀を引いた。

「ペガサスにはあるまじき、下劣な言葉遣いの数々だな」

千弦があきれたように指摘してやると、ルナは片手で刀をもてあそぶようにしながら、前髪をかき上げた。

「飼い主がいいものでね」

「私が教えられているのだ」

つらっと言われて、千弦はむっつりと言い返した。

そう、自分の知識にある下世話な言葉のほとんどは、ルナから伝え聞いたものなのだ。

「……まあいい。あとはおまえがその堅物を落としてみろ」

そう言うと、ルナは放り出してあった鞘にパチン、と刀を収め、無造作にぽん、と前へ放り投げる。

「ほら。おまえのだ」

えっ？　とあせったような声を上げて、牙軌があわててそれを受け止めた。

それでも困惑したようにルナ――虚弓と、そして千弦を見比べている。

確かに、牙軌には状況がまるでわからないのだろう。

「邪魔はしないよ」

それだけ言って、ひらひらと手を振ると、ルナがくるりと背中を向けた。

その背中がわずかに盛り上がったかと思うと、ふわりと現れた白い翼が大きくはためく。

「え…？」

そして細い身体が白い馬へと変化しながら隣の部屋に消えていくのを、いつになく間の抜けた顔で牙軌が眺めていた。

ぽっかりと口を開け、目を見開いて。

「ルナ様…、なのですか？　虚弓が？」

そしてようやく、放心したように尋ねてきた。

「そうだ。ルナは人の姿の時には虚弓と名乗っているようだな。ふだんもその姿で王宮内をうろついている。……正体を知る者はいないがな」

実際に、千弦のお抱えのスパイのように、いろいろと調べてきてくれるのだ。

「そうなのですか……」

気が抜けたようにつぶやいて、そしてあわてたように視線をそらせたのは、だとすればルナの――

虚弓の数々の暴言にも思い当たる節がある、ということだろうか？

その…、千弦の名前を呼びながら自分を慰めていた……とか？

「牙軌」

名を呼ぶと、ようやく今の体勢に気づいたように、牙軌があわてて千弦の腕を振り払うようにして、

「あ…、申し訳ありません」

床へ膝をついた。

それを頭上から見下ろし、千弦はそっとため息をついた。

落としてみろ、と言われても、正直、千弦にはやり方がわからない。

ただ、自分から口にして、自分から行動しなければいけないということはわかる。

「牙軌。私は…、おまえが欲しい。おまえは違うのか？」

静かに言った千弦に、牙軌は困ったように視線を漂わせた。

「俺は…、俺のすべては千弦様のものです。身体も、心も……全部」

そんな言葉に、どくん…、と心臓が鳴る。

「全部……？」

知らず、息をつめるようにして聞き返してしまう。

「はい。すべて」

かすれた、しかし真摯《しんし》な声。

「だがおまえから触れることはできない？」

ネコの時のように、腕の中に抱いて可愛がってほしいと思うのに。

その問いに牙軌が言葉を呑む。あわてたように視線をそらせた。

「そのようなことは…っ」

膝の上できつく拳を握る。

なるほど、自分が言わなければいけないようだった。

「牙軌、立て」

命じると、牙軌が視線を合わせないままにのろのろと立ち上がった。

「服を脱げ」

さらなる命令に、えっ？　と大きく目を見張ったが、千弦が静かににらみ返すと、だまって従った。

上衣を脱ぎ落とし、帯を解き、時折うかがうような眼差しで千弦を見るが、千弦は無言のまま、続けさせた。

そうするうちに、少しだけ余裕が生まれてきた。

牙軌がとまどっているのが何かちょっと楽しくなって、無意識にソファに背を預け、ゆったりと眺めてしまう。

「全部だ」

下帯一枚になって、困ったように眺めてきたが、千弦は許さなかった。

仕方がなさそうに、牙軌がゆっくりとそれも解いていく。

あらわになった男の中心は、すでに力をもって形を変えてしまっていた。

「ほう…」

「申し訳ありません…」

思わずそれをしげしげと眺め、つぶやくように口にすると、牙軌が低くうめくようにあやまってくる。千弦は喉で笑った。

「あやまることではなかろう。——近くへ」

そして、さらに側へと呼びよせた。

おずおずと近づいてきた身体に手を伸ばし、確かめるように触れてみる。

いつか見たのと同じ、がっしりと張りのある、たくましい身体だ。

手のひらをすべらせると、ビクッと牙軌の身体が痙攣《けいれん》する。

「いけません…っ」

中心に指を伸ばしたとたん、払いのけられるような勢いで身体が離される。

「動くな」

しかしそれにぴしゃりと言うと、牙軌がいかにもとまどったまま、それでも身体に力をこめるようにしてまっすぐに立った。

千弦はあらためて伸ばした手で牙軌の中心をなぞり、手のひらにそっと包みこむ。それだけでグッ…と力を持ち、あっという間に大きく成長していく。

他人のモノを見るのもほとんど初めてに近く、千弦はじっと見つめながら指先で先端をもむように刺激した。

「あ……」

牙軌の喉の奥からうめくような声がもれ、先端からぬるりとした滴《しずく》が溢《あふ》れ出した。

「汚れます……」

必死に何かをこらえるようにしながら、牙軌がうめく。

「かまわん」

短く言い放つと、千弦は上体を傾け、ためらいなくそれを自分の口でくわえた。

「千弦様……！」

とっさにものすごい勢いで突き放されたが、千弦は上目遣いに男をにらみ、ぴしゃりと言った。

「牙軌、動くな。命令だ」

荒い息をついて、ただ呆然と牙軌が見下ろしてくる。信じられないような目で。

「千弦様…っ、そんなことは……」

「おまえは私のモノなのだろう？　心も、身体も」

千弦はじっと男を見上げて尋ねた。

「違うのか？」

「そうです……」

押し殺すように答え、牙軌が乱れた息を吐いた。

「ですが――」

「黙れ」

それ以上をさえぎるように、千弦はぴしゃりと言った。

口を閉ざした牙軌の、ただ熱い眼差しを感じながら、千弦は再び男のモノを口でくわえた。

喉の奥まで呑みこんで中でこすり、さらに舌先で全体をなめまわしてやる。止めどなく先走りを溢れさせる先端に、密やかに濡れた音を立てて口づけ、根元のあたりを手でしごきながら、いくどかきつく吸い上げるようにする。

「千弦……様……っ」

いつの間にか牙軌の手が千弦の小さな頭をつかみ、押しつけるように、あるいは引き剝がすようにして動いていた。

息苦しく、千弦はいったん口を離す。

手の中の男は限界まで張りつめ、くっきりと筋を浮かせ、硬く天を指していた。

「熱いな……」

確かめるように触れて、そっとつぶやく。

「こんなに熱くなるものなのか…？」

もちろん、比較できるようなものはなかったが。

「千弦様…、もう……」

こらえきれないようにうめき、引き離そうとした牙軌のモノの先端を、千弦はからかうように甘噛みしてやる。

瞬間、顔に生暖かいものが浴びせられた。

さすがに驚き、しかし牙軌の方も驚いたように、しばらく二人とも動きが止まる。

「申し訳ありません…っ」

ハッと我に返ったように牙軌が膝をつき、あせったように手のひらで千弦の頬を拭った。

考えてみれば、初めて牙軌から触れてくれたのがそれだった。

たいしたタマじゃないか、と内心で苦笑する。

「濃い……」

千弦は自分でも伸ばした指で男の放ったものを拭いとって、ぺろりと舌でなめた。

「まだ使えるか？」

そして、男の下肢に手を伸ばしながら尋ねてみる。

千弦としては、知識だけは十分にあった。聖獣のくせに、ひどく下世話なペガサスに教えられて、だったが。

まだこれで終わりではないはずだ。

「どこで…、このようなことを……」

しかし小さく首をふって、牙軌がうめくようにつぶやいたかと思うと、いきなり千弦の身体を抱え上げ、ソファへ押し倒すようにしてのしかかってきた。

少しあせったが、大型獣だな…、と内心で微笑む。

「遊んでいるわけではない」

「存じております」

千弦の言葉に、生真面目に答える。

「お許しを……」

そしてじっと千弦の顔を見下ろし、ささやくように言うと、顎が押さえこまれ、深く口づけられた。

「ん……」

息苦しさについで、胸が苦しくなるような甘い思いがいっぱいに湧き上がってくる。

何度も舌が絡められ、吸い上げられ、溢れる唾液《だえき》も吐息も、すべて奪いとられる。

千弦は腕を伸ばし、夢中で男の背中にしがみついた。

「今…、首を斬られても文句は言いません」

熱い身体を重ねながらささやくように言った牙軌に、千弦は喉で笑う。

「首がなければ困るな。キスができないだろう？」
二、三度瞬きするように千弦を見下ろし、はい、と静かに牙軌が答えた。
愛おしげに千弦の指先にキスを落とし、そして前でリボンのように結ばれていた小さな紐を、一つずつ解いていった。

衣装は幾重にも重なったものだったが、結んでいる上の紐《ひも》を解けばすべてが緩み、はだけるように白い素肌があらわになった。

男の無骨な指がゆっくりと肌を伝い、胸の小さな芽が指先に軽く押し潰《つぶ》されて、千弦は無意識に身体をよじる。

あっ…、とうわずった声が上がってしまい、そんなところで感じてしまうのに、カッ…と頬が熱くなる。

さらに下肢へとすべり落ちた大きな手が、すでに兆していた千弦の中心を軽く握りこんだ。

「あぁぁ……っ」

身体の芯を走り抜けた信じられない快感に、千弦は思わず身体を反らせる。

『ベッドでやれっ！』

と、扉の向こうからいきなり怒鳴り声が飛んできて、思わず牙軌と顔を見合わせた。

ルナが聞いている――というより、聞こえてしまっているのだろう。

「運んでくれ」

ちょっと笑い、千弦は男の首にまわすように腕を伸ばす。

はい、とうなずいた牙軌が軽々と千弦を抱き上げると、寝室へと運んでくれた。

整えられたシーツに寝かされ、あらためて衣装が脱がされていく。

一番下の薄衣だけを残して、男の身体がそっと重なってきた。

さっきの甘いキスが欲しくて、ねだるみたいに見上げ、手のひらで男の頬に触れると、察して深いキスをくれる。何度も舌を絡め、角度を変えて。

男の手が確かめるように薄衣越しに肌をなぞり、そのじれったいような、もどかしいような刺激に、千弦はたまらず身体をしならせる。

男の指が千弦の乳首に触れ、片方を指でなぶりながら、もう片方は唇で愛された。

硬く尖《とが》ったものが舌先でこすられ、丹念に唾液をこすりつけられる。

「気持ちがいいですか…？」

濡れて敏感になった乳首がさらに指で転がされながら、耳元で低く尋ねられ、千弦はシーツを引きつかんで必死に飛び出しそうな声を抑えていた。

「ん……、いい……」

ようやく、絞り出すように答える。

しかし油断すると、恥ずかしいあえぎ声になってしまいそうだ。

首筋から喉元、肩、胸へと体中に優しいキスを落としながら、牙軌の手が千弦の片方の足をそっと抱え上げた。

下肢が広げられ、あっ…、とあせった次の瞬間、中心が温かい中にくわえられる。

「あぁ……っ」

こらえきれず、千弦は大きく身体を跳ね上げた。

「ダメ……っ、ダメだ…、出る……っ」

巧みに舌を使われ、湧き上がってくるものにこらえきれずに口走ったが、そのまま男の口でいかされた。

力の抜けた身体がシーツに沈み、ようやく男が口を離した。

ぬるいお湯に浸かっているような心地よさが、全身を覆う。

優しく、再び片足が抱え上げられているのにも、しばらく気づかなかった。

足のつけ根から内腿《うちもも》のあたりをやわらかく撫でられ、軽く腰が持ち上げられて、奥の方が舌先で濡らされていく。

「は…ぁ…っ……んっ、ん…っ、――あぁ…っ」

細い道筋が何度もたどられ、ゾクゾク…と何か危ういような快感に、千弦はたまらず身をよじった。

そして気がつくと陶然《とうぜん》とした身体の一番奥が指で押し開かれ、恥ずかしく収縮する部分が優しく舌で愛撫《あいぶ》されていた。

腰が高く持ち上げられ、押し広げられた部分に舌先で唾液が送りこまれる。

「あぁぁ……っ…、……んっ、あぁ…っ」

やわらかい感触が動くたび、ざわっと肌が震え、高い声が飛び出してしまう。知らず、ビクビク！と腰が揺れるのがわかる。

ゆっくりと、そこが溶かされるのがわかった。

「もう…っ、いい……っ」

恥ずかしくて泣きそうになりながら、千弦はうめいた。

「まだです……。まだ…、もっとやわらかくしないと」

牙軌が独り言のように言いながら、軽く指先で入り口をかきまわす。

それだけで恥ずかしい襞《ひだ》がいっせいに絡みついていくのがわかって、千弦は真っ赤になったまま腰を振った。

「あなたを傷つけることはできません」

かまわず、馴染ませるように男が指を浅く抜き差しする。

「は…っ…、あ……っ……ん……っ」

気持ちがいいような、もどかしいような感覚に、千弦はどうしようもなく身体をくねらせる。

「もっと……奥……っ」

無意識にそんな言葉を口走り、ハッとしたように牙軌が指を止めた。

じっと見つめられる視線に、ようやく自分の口にした言葉を思い出し、頬が熱くなる。

はい、と吐息で答え、牙軌が指をさらに深く押し入れてきた。

「ん…っ、あぁぁ……っ」

ずるり、と奥までこすり上げられて、あまりの快感に身体が痺れる。足の指の先まで力がこもってしまう。

さらに何度も抜き差しされ、千弦の腰は無意識にきつく男の指をくわえこみ、味わった。

「あぁ…っ、あぁっ……ダメ……っ」

何度も身体の奥が探られて、恥ずかしく身体が跳ね上がる。指が二本に増え、さらに馴染まれるようにして中がこすり上げられた。

いつの間にか、千弦は無意識に自分で前を慰めていて、気づいた男の手に引き剝がされる。

「俺の役目です」

そっとささやくように言うと、前と後ろと同時に愛撫され、千弦は与えられる愛撫に我を忘れた。

どうしようもなく両手でシーツを引きつかんだまま、腰を振り乱し、そのまま再び達しそうになったが、男がいきなり指を引き抜いた。

「あ……」

息苦しいほどの快感から一気に引きもどされ、腰の奥がもの足りなく、もどかしく疼《うず》いてしまう。

かすれた声でうめき、潤んだ目で男を見上げると、牙軌がじっと確かめるように見つめ返してきた。

「牙軌……」

湿った吐息が肌に触れる。

そして恥ずかしくうごめく入り口に、熱く、濡れた切っ先が押し当てられ、さっき…、自分が口で確かめたモノの大きさを思い出して、千弦は小さく思わず息を吞んだ。わずかに身体が強ばる。

牙軌が優しくキスをくれ、じっと熱い眼差しで見下ろしてきた。

「やめますか……？」

低く聞かれて、千弦は涙をにじませながら首をふった。

「つながるのだろう…？　おまえと」

自分で言って、ドクッ…と心臓が音を立てる。

「はい」

相変わらず、平静な声なのがちょっと憎たらしい。それでも少しかすれて、せっぱ詰まっていただろうか。

「してくれ…」

「千弦様……」

熱くささやく声が耳に落ちたかと思うと、次の瞬間、グッ…、と硬いモノが奥へと入ってきた。

「つ…っん…、——あぁぁ……っ！」

一瞬の痛みに、思わず声が上がる。

身体の奥が男のモノでいっぱいに埋められるのを感じた。隙間もないくらい、みっしりと。

痛みが過ぎるのを待ち、千弦は必死に息を整える。

しばらく動かずにいた牙軌の男が、ドクドクと脈打つのを感じて身体が熱くなる。

無意識に腰を締めつけてしまい、さらに男が中で大きくなった気がする。

「動いて……いい」

そっと息を吐くように言うと、はい…、とかすれた返事があり、ゆっくりと牙軌が腰を動かし始める。

小さな律動がさざ波のように身体の奥に伝わり、甘い快感を引き出してくる。

千弦の細い腰をつかむようにして、牙軌が深く腰を突き入れてきた。

「あ…っん…、あぁっ……あぁぁ……っ」

熱く硬い切っ先がどこかに当たるたび、千弦の身体は痺れるような快感によじれた。

両足が高く抱え上げられ、腰が何度も打ちつけられる。

荒い牙軌の息づかいが、自分のと交じり合って一つになる。

「あぁ…っ、あぁっ……いい……っ」

達したのは、ほとんど同じくらいだっただろう。あるいは牙軌が、それまで我慢してくれたのかもしれないが。

大きく息を吐き、ずるり…、と男が抜けて行くのがわかる。しかしそれはまだ明らかに硬く、芯を残していた。

「千弦様……」

ささやくように呼ばれ、次の瞬間、ぐったりと力の抜けた身体が返されたのがわかる。

シーツにうつ伏せにされ、わずかに腰を持ち上げられるようにされて体勢が崩れ、あっ、と千弦は枕にしがみついた。

まだ熱を持ち、ジンジンと痺れ、何かが入っているような後ろが指先で押し開かれた。

指が二本差しこまれ、中に出されたものが丹念にかき出されていく。

「んっ…、あっ……あっ……」

敏感な中をさんざんこすり上げられて、達したばかりの自分のモノが、再び反応を始めているのがわかる。

溶けきった襞が再びやわらかな舌でなぶられて、あまりの快感に恥ずかしく腰が揺れる。

それが力ずくで押さえこまれ、唾液が内腿に滴るほど執拗《しつよう》に愛撫されて、千弦は意識もなく、泣きながらねだった。

「早く……！　な…か……っ」

「千弦様…、もう少し」

しかし牙軌はいったん唇を離すと、千弦のうなじにかかる髪をかき上げて、そっとキスを落とし、背筋にそって唇をすべらせていく。

やわらかなその感触に、千弦はビクッビクッ…と背中をしならせた。

「つっ…ん…っ、……あぁぁ……っ」

前にまわされた両手に小さく尖った乳首を摘《つ》まみ上げられ、同時にいじられて、千弦は大きく身体をのけぞらせる。

あっという間に力を取りもどした中心が男の手に愛撫されて、先端からいやらしく蜜《みつ》を滴らせる。

「牙…軌…っ、牙軌…っ、もう……っ」

全身が甘く苦しい愛撫に煮詰められ、追いつめられるようで、どうしようもなく千弦は身体をのたうたせ、男の肌にすり寄せた。

熱く硬いモノが足に当たってくる。

その感触を悟った瞬間、どくん…、と身体が震える。腰の奥がズクッ…と疼く。

「牙軌…っ、入れろ……っ」

シーツに爪を立て腰を揺するようにしながら、千弦は命じた。

はい…、とかすれた返事とともに、覚えのある熱が身体の奥へ打ち込まれる。

深くえぐられ、大きく腰が揺すり上げられて、千弦は立て続けに達していた。

自分でもわからないままに声を上げ、そのまま少し、意識を飛ばしていたらしい。

気がついた時には、ぐったりと気怠《けだる》い身体がまだ熱のこもる男の腕に包みこまれていた。

背中からすっぽりと抱きしめられていて、その感触にホッとする。うれしかった。ネコになっていた時を思い出す。

「千弦様……。すみません、お身体、大丈夫でしたか？」

意識がもどったことに気づいたようで、牙軌の腕がわずかに離れかける。

それをぐっとつかんで引きもどし、千弦はまどろむように男の腕に身体を預けて、ポツリと言った。

「もう女は抱くな…」

「はい」

静かな返事。

「二度と離れるな」

「御意」

その命令に静かに答え、うなじに押し当てるようなキスをくれる。

低く、思いをこめた言葉だった。

「もう二度と離れません」

「あ…」

と、ふいに何かに気づいたように、わずかに牙軌の身体が動いた。

ふっとまぶたを開くと、黒ネコがちょろちょろと枕元をすり抜けて、すぐ横のサイドテーブルに飛び上がり、不思議そうにこちらを眺めている。

「ミリア…」

小さく呼んで、牙軌が千弦の肩越しにネコに手を伸ばした。

しかしミリアはちろっとそれを一瞥《いちべつ》しただけで、興味をなくしたようにテラスの方へ帰っていく。

牙軌が背中で小さくため息をついた。

「忘れられたみたいですね。とても懐いてくれる時と、そうでない時があるのですが」

そんな牙軌の言葉に、千弦は目を閉じて喉で笑った。

「ネコは気まぐれだからな」

とぼけたように答える。

そしてネコのように、温かい男の腕の中で満足して丸くなった――。

end.

守護者の心得

「……民部省《みんぶしょう》からのこの書類は完全なものではないな？　租税関係の分が抜けている。あとで長官を報告によこせ。口頭で尋ねる。——次！」

直立不動のまま、机の前で顔を強《こわ》ばらせて待っていた若い官吏が、千弦《ちづる》からぴしゃりと告げられた言葉に、「はっ！」と喉に引っかかったような声を上げて、あわてて返された書類を受けとり、一礼して逃げるように去って行く。

入れ替わりに机の前に進み出た若い官吏がぎくしゃくと一礼し、お願いいたしますっ、と次の書類を差し出してくる。

改築中の競技場関係の件と、都の中にある橋の老朽化について調査したその結果報告で、千弦はとりあえずうなずいて返した。

「目を通しておく。永峯《ながみね》から何か特別な伝言があるか？」

永峯というのは千弦の腹違いの弟の一人で、「三位様」と呼ばれる立場にある。黒馬を守護獣に持ち、建築・建造関係に才を発揮している男だ。そのため土木方面の責任者を務めているのだが、現場に出ることも好きな男で、めんどくさがらず自分の足で領内をよく回っていた。

「はっ。近々、直接ご報告に上がると。大きな橋を架けるのに、新しい工法を試してみたいとおっしゃっておいでででした。そのご相談にと」

やはり緊張してまともに千弦の顔を見られず、わずかに視線を上方に飛ばしたまま、官吏が声を張り上げる。

「わかった。競技場については、関係各所とも諮《はか》っておく。下がってよい」

「はっ！　失礼いたしますっ」

机に額をぶつけるんじゃないか？　と、思わず千弦が心配するほど深く、勢いよく頭を下げ、やはりぎくしゃくした様子で部屋を出た。

とはいえ、官吏たちが千弦の前ではことさら緊張し、ピリピリしているのはわかっていたし、今さらだった。……千弦自身は、別段、叱《しか》っているわけでも何でもないのだが。

「明日の午後、神祇官《じんぎかん》たちを集めよ。そろそろ次の儀式の打ち合わせが必要だろう。それと、文旨の人事については長官に一任すると伝えておけ。いちいち私《わたし》が選んでもおれぬ。何か問題があったら、その都度、対処する」

自分で口にしながらも、あるいはその都度の「対処」が恐いのかもしれないが……、と千弦は内心で苦笑した。

家柄やツテだけで地位に就いたような無能な官僚などは、目についたら即座に首を飛ばし、容赦なく配置換えをしている千弦だ。それだけに、「一任する」と言われると、よけいに胃が痛いのかもしれない。だが千弦としても、そこまで面倒《めんどう》をみているヒマはない。

執務室の隅で控えていた秘書官が、千弦の言葉をしっかりと手元の用紙に速記し、はい、とうなずいた。そして、思い出したように付け加える。

「一位様、本日の午後からは芙蓉《ふよう》の間での集まりがございますので、どうかお忘れなきようお願いいたします」

それに千弦はわずかに顔をしかめ、あえて返事をしなかった。

「茶を」

代わりに、いくぶん素っ気なく口にすると、侍女が急いで部屋を飛び出した。

長年千弦についている秘書官は何も言わず、表情も変えなかったが、ちらっとその視線が千弦の脇《わき》へと流れたのがわかった。

常に千弦の側《そば》にいる男——牙軌《げき》に、だ。

二人だけに通じる何か特別な合図のようで、なんとなく千弦はムッとしてしまう。

もちろん、その意味はわかっていたが。

千弦が返事をよこさないのはまったく乗り気ではない、という意思表示であり——はっきりと嫌だ、と言わないのは、自分でも正当な断りの理由がないとわかっているからだ——しかし秘書官が「一位様」に強く意見して行かせることもできず、あとはよろしくお願いします、ということだろう。

それでも気づかないふりで、千弦はいくぶん荒々しく席を立つと、肩にかかった髪を払った。

と同時に、さらり、と背中にやわらかい感触があたり、牙軌が素早く羽織を肩から着せかけてくれたのがわかる。

特に礼を言うこともなくそれに腕を通しながら、千弦は淡々と命じた。

「奥へ帰る。茶はそちらへ運ばせろ」

はい、と秘書官が静かに一礼した。

牙軌が千弦の机にあった書類をひとまとめに手にすると、歩き出した千弦の半歩後ろから無言のまま付き従った。

千弦の警護役である牙軌は、常に、どんな場合でも千弦の側にいる。

そのため、武人ではあるがなかば秘書官としての役割もここ数年で負うようになっていた。なにしろ千弦はいそがしすぎ、どこへでも仕事がついて回っているせいでもある。

執務室がある王宮の中奥から、私室のある奥宮の方へ続く、入り組んだ長い廊下を歩く時間も無駄にはできない。

千弦が黙って片手を横に出すと、間髪を入れず書類が一つ、乗せられる。

それに目を通しながら奥宮の自分の部屋に帰り、運ばれてきたお茶を飲みながら、さらに執務の続きをする。中奥での仕事は主に人と会うことで、奥では書類と顔を見合わせていることが多い。あるいは、何かの考えをまとめたり、資料を当たったり、だ。

「千弦様、そろそろお支度を」

どのくらいたった頃《ころ》か、いつもと同じ、感情を見せない牙軌の声が耳に届く。

ハッと我に返るように顔を上げた千弦は、それがさっき秘書が言っていた集まりだと思い出して、うんざりした。

月に一度の、大臣たちや有力貴族たちとの懇親会、親睦《しんぼく》会的な集まりだ。

その必要性は、一応、千弦にもわかっていた。

天馬《ペガサス》というたぐい稀《まれ》なる聖獣を守護獣に持つ、月都《つきみや》の第一皇子であり世継ぎである千弦は、二十八歳になった現在、父王以上に国内外の政治的、経済的、外交的な問題にその辣腕《らつわん》を振るっている。それにともなった権力もあり、責任もある。

そしてもちろん、そうした政治的な物事をスムーズに進めるためには人間関係も大切であり、有力者の集まりに顔を出して、おのおのの意見を聞いたり、立場を理解したりすることが必要だというのは、よくわかっていた。

……しかし、である。

そうした集まりがあまりに退屈で、ほとんどが「一位様」の機嫌をとることだけに終始するような、千弦にとっては無為な時間となっている現状では、正直、わざわざ出席するのが面倒というか、かったるいというか、意味がないというか。

そんなつまらないことに時間をとられるくらいであれば、もっと有意義なことに費やしたいと考えたとしても無理はない、と思う。

千弦は持っていたペンを放《ほう》り出し、いかにもぐったりとした様子で細い身体をイスの背もたれに預けた。

「牙軌…」

そしてちょっと潤んだ目で、すぐ横に近づいてきた男を見上げてみる。

じっと、意味ありげな——実際に、その意味を持たせた眼差《まなざ》しで。

「お時間です」

しかし牙軌の方は相変わらず感情を見せない口調で、静かに言っただけだった。

「今日はもう疲れた」

頭脳明晰《めいせき》、眉目《びもく》秀麗、公明正大、威風堂々、仙才鬼才、外柔内剛《がいじゅうないごう》、確乎《かっこ》不動、そして、完全無欠。

いくつ並べても追いつかないほど、「完璧《かんぺき》な」と評される千弦だ。しかしその才に溺《おぼ》れることなく、傲慢《ごうまん》になることもなく、月都の民衆に対しても、宮廷内の人間に対しても、また親兄弟に対しても、常に礼節を重んじている。

その例外が、生まれた時から側にいるペガサスのルナだった。

そして、もう一人だけ——。

侍女や侍従、官吏たちの誰《だれ》にも言ったことのない投げやりな言葉、他《ほか》の誰にも見せたことのない怠惰な表情で、千弦は牙軌に訴えてみた。

「拝察いたします」

しかしそんな千弦にも、牙軌は落ち着いて返してくる。

……おそらくは、千弦の言いたいことはわかっているはずなのに、だ。

少しばかりムッとしつつ、それでも千弦はだらりと両腕を伸ばし、牙軌の首に巻きつけて、身体を引きよせた。

「抱いてくれないのか？」

そして、そっと耳元でささやく。

正直なところ、男を誘うやり方などはわからないのだが、それでもこのところ少しばかり、経験とカンで覚えつつあった。

が、牙軌には通用しそうにない。

「お望みでしたらなんなりと。しかし、昨日もされましたよ」

「だから今日できぬということではあるまい？」

その鉄壁の防御にさすがにむっつりと言い返した千弦に、牙軌は例によって表情も変えないまま、さらりと口にした。

「千弦様のお身体が心配です。基礎体力が私とは違いますから」

基礎体力とか言われると、それは確かに武人である牙軌とは比べようがない。

実際に夜、牙軌に抱かれたあとはそのまま寝落ちしてしまうことも多くて、それはそれでよく眠れるし、寝起きの気分もいい。

が、昼日中からそんなことになれば――まあ、あとがしばらく仕事にならず、これまでにも会見予定をすっぽかしてしまったことが何度かあった。

そういう意味では、「完全無欠の一位様」と呼ばれる千弦には考えられない堕落ではある。

牙軌に甘やかされることを覚えてから、多少――多少、だ――怠《なま》けがちになってしまっていることは否めない。以前は確かに、今と同様に嫌々、面倒だと思いつつも、懇親会にはきちんと顔を出していたわけだから。

千弦の警護役として、また側近として、牙軌が常に横につき従うようになって、すでに十年がたっていた。

まあ、その間には、八つ当たりで――心の準備期間だっ、とルナにからかわれるたび、千弦は言い張っていた――牙軌を辺境に追放していた一年間があるわけだったが。

そして、身体を許すようになって七年。

初めの頃は少しばかり、おたがいにとまどうところはあったが、今ではすっかり馴染《なじ》んでいる、と思う。

もちろん、飽きたというわけではない。むしろ逆だった。

身体の相性もいいのだろう。千弦に他の男の経験はなかったし、どうこう評価できるほど女との経験も多くはなかったので、正直、比べようはなかったけれど。

もしかすると牙軌がうまいのかもしれないが、それはそれでしょっと腹が立つ気がするので、あまり考えないことにしている。……そうだとすると、やっぱり牙軌はそれだけ他の人間と関係があったという意味になるわけで、うかつに考え始めると、過去をほじくり返して相手を特定したくなってしまう。そして特定してしまうと、自分がその人間に対してどんな対処に出るのか。もちろん、その人間に何か非があるわけではないのに。

自分のほんの些細《ささい》な言動が、その人間の未来、運命を決めかねないということは千弦もよく自覚していた。

それだけに、やはり自重すべきなのだ。

——案外、私は嫉妬《しっと》深いのか…？

と、このところ自分の思わぬ……今まで知らなかった自分の気質に気づき始めて、ちょっと複雑な気分になることもある。

千弦は自分が恵まれた生まれだということをわかっていたし、実際に望んで手に入らないものは、ほとんどない。それだけに、嫉妬などという感情とは無縁だと思っていた。

それをルナに言うと、『別に悪いことじゃないさ。好きな男の昔の相手に嫉妬するくらい、普通だしね』

と、にやにやと笑われて、なんだか微妙に腹立たしい。

もっとも、だからといって牙軌の気持ちに不安を感じているわけではなかった。

この男は自分のモノだった。心も、身体も。全部。

すべてを捧《ささ》げてくれている。それを疑ったことはない。疑う必要もない。

出会った頃と変わらず、牙軌は寡黙で、言葉にはしないまま、しかし千弦の気配をさらに的確に読むようになっていた。

飲み物が欲しい時、休息を入れたい時、気晴らしがしたい時。寒い時、暑い時。いつも、絶妙のタイミングで声をかけてくる。あるいは千弦が仕事に没頭しすぎて時間を忘れ、自分の体力の限界を超えそうな時にも、牙軌の方が先に気づいて休ませてくれる。

牙軌を側においてからの数年で、そのあまりの心地のよさ、気楽さに慣れきっていたのだろう。

そして、あの男が与えてくれる快感に。

牙軌に抱かれるのは好きだった。

うれしくて、気持ちがよくて、ふわふわと楽しい気分になる。ずっと、いつまでも抱かれていたいと思うくらい。

実際、コトが終わったあとも牙軌の腕の中にくるまれたまま、ぬくぬくとしばらくまどろんでいることが多くなった。そのまま、腕の中で眠るのも幸せだった。

甘やかされることを覚え、甘えることを覚えて。

執務の合間にも、千弦は頻繁にねだるようになっていた。

大臣や官吏たちの相手が面倒になった時や、仕事が単調で退屈になった時。逃げ場を求めるように、牙軌の腕を求めた。

確かに、以前と比べると少しばかり怠惰になった——のかもしれない。もしかすると、だ。

しかしそれで、身体はすっきりとして頭もクリアになるし、もやもやした気分も晴れるし、別に問題はないはずだ。

だが牙軌の方が、このところ少し、変わったような気がしていた。

あたりまえだが、月都の世継ぎであり、「一位様」という立場にある千弦に、どんなことであれ、牙軌が逆らうことはない。絶対的な主従の関係が存在していた。

だから、千弦としては、いついかなる時でも「抱け」といえば、その望みは通るはずだった。……本来であれば。

しかしやっかいなことに、牙軌は千弦の、本当に疲れている時と、サボりたい時をしっかりと見抜いている。

そして必要な時であれば休ませてくれるし、——軽々と抱き上げてベッドに連れて行ってくれたり、ソファで、髪を撫《な》でながら腕の中で寝かせてくれたり——腕の中でたっぷりと甘やかしてくれる。

だが、単にしたいだけ、とか、サボりの時には、決して逆らうわけではないが、妙にかわし方がうまくなっていたのだ。

「それに…、千弦様のお仕事の邪魔になるようでは、私のお仕えする意味がありません」

生真面目《まじめ》に続けた牙軌を、千弦はわずかに眉《まゆ》をよせてにらんだ。

「おまえが邪魔になったことはないと思うが」

どこか冷ややかに言った千弦に、牙軌がわずかに唇を引き結んでから静かに返してくる。

「このところ、欠席される会議や式典、お集まりなども少し増えておられるようですので。お会いできると思っている者たちは失望しておりましょうし、千弦様の名声に傷をつけることはできません」

……それで、誰かに何か言われたのだろうか？　嫌みとか？

千弦が牙軌を――はっきりと言えば牙軌だけ、他の者たちとは区別して手元においていることに陰口をたたかれていることは、千弦も知っている。要するに妬《ねた》みを受けているわけだろう。気の毒だとは思うが、それはどうしようもない。

実際に牙軌は、千弦にとって特別な男だったから。他には代えることのできない男だ。

「おまえが気に病むようなことではない。私の都合だ」

むっつりと千弦は言った。

その欠席している集まりは、本当に重要性の低いものばかりだ。自分が出なくてもことは進むような。あるいは、あとで報告を聞けばすむくらいの。

そうでなくとも十分に仕事はしているはずだし、「たまには昼間から休んでもいいではないかっ」と千弦としては思う。

「昼間からされると、千弦様もあとの仕事に差し障ります。夢中になられると、抑えが利かなくなるでしょうから」

つらっとした顔で言われ、さすがに千弦もムカッとする。

ぬけぬけとっ。生意気にもっ！

少しばかり千弦より経験が豊富なことで余裕があるのだろうか、と思うと、さらに腹立たしい。

千弦としては、私を甘やかすことに何の不満があるのだっ、という気持ちだった。私が満足するだけ徹底的に甘やかすのがおまえの仕事だっ、とも思う。

……まあもちろん、本来の仕事は「警護」なわけだが。

それだけに、このところの牙軌の態度に千弦は大いに不満だった。

「私の言うことは聞けぬと？」

「ご命令とあらば、どんなことでも従います。ただ――」

怒気をにじませて言った千弦に、牙軌がやはり淡々と答える。

「わかったっ！」

その言葉をぶち切るように、千弦は叫んだ。こんなふうに声を荒げることはめったになく、実際、ルナか牙軌に対してくらいだ。これほど感情をあらわにしてみせるのは。

腹立たしく、悔しく、……しかし、負けるつもりはない。

何と勝負をしているのか、自分でもわからないまま。そしてそれが、理性的に考えれば理不尽だと自分でもわかってはいたが。

「おまえがそのつもりであれば、私も当分、おまえを求めるのはやめよう。少なくとも、叔父上の後処理が終わるまではな」

スッ…と息を吸いこみ、牙軌をにらんだまま、千弦が低く言った。

牙軌が無言のまま、頭を下げる。

だから、牙軌が今どんな表情で、何を思っているのか、よくわからない。

かまわず、千弦は続けた。

「その代わり、おまえも我慢しろ」

「それは、もちろんです」

ぴしゃりと言った千弦に、いくぶんとまどったように、牙軌が答える。

「他の人間を相手にするのは許さぬ」

むろん、言うに及ばず、だ。

「はい」

落ち着いた、揺るぎのない答え。

そして牙軌がそれを違《たが》えないことは、千弦にもわかっている。牙軌が千弦の命に背くことは、決してない。

「自分で慰めることも禁止する」

しかし次に発した言葉に、一瞬、牙軌の返事が遅れた。二、三度瞬《まばた》きしてから、静かにうなずく。

「……わかりました」

牙軌だって、したいはずだった。自分だけじゃない。……はずなのだ。

抱かれる時は、いつも千弦から求めていた。それは牙軌から望んでこないから、というより、立場の違いだった。

一位様――なのだ。普通の人間では触れることも、声を聞くことすら恐れ多いほどの存在。

そうあるべく、自分を作ってきた。それが月都の安全と安心につながる。

だから牙軌が心の中で望んでいたとしても、それを口に出すようなことはない。

基本的には、千弦が望めば牙軌は応じてくれるし、気持ちよくしてくれる。満足させてくれる。

――でも。

このところ、なぜか……それがほんのちょっと、もの足りないような気持ちもあった。

牙軌から求めてほしかった。

もし、求められたら……どんな気持ちになるのだろう…、と。

我慢比べなのかもしれない。ただ、自分に分が悪い気はしていた。

「着替える。侍女を呼んでくれ」

イスから立ち上がりながら、強いて感情を抑えて言った千弦に、はい、と答えて、牙軌がいったん部屋を離れる。

千弦はそのまま、奥の部屋へと入っていった。

そこには細身の男が一人、すらりとした足を組んで中央のソファに腰を下ろしていた。やわらかそうな癖毛を首の後ろで一つにまとめ、丸い眼鏡をかけている。本を膝《ひざ》にのせ、優雅にページをめくっていた。

一位様の私室だ。勝手に誰かが入りこんでいいはずもないが、この男――この動物だけは例外だった。

千弦の守護獣である、ペガサスのルナ——その人の姿である。

他の兄弟たちの守護獣とは違い、ほとんど人前に姿を見せることのないルナだったが、実はこっそりと、この人間の姿でよく王宮内や、都の中、地方、辺境地域までも自由に動きまわっていた。

その際には「虚弓《こきゅう》」という名を使っており、いわば千弦の密偵のような役割もしてくれているのだ。

情報を集めたり、気になる人間の動向を調べたり。

……もっともルナにしてみれば、自分の興味と楽しみで動いているだけでもあったが。

守護獣といえど、聖獣を縛りつけることは千弦にも難しい。

ルナのこの姿を知っている者、姿を変えられるということ自体を知っているのも、千弦と、そして牙軌だけだった。

千弦のいるこの奥宮の離れでは、本体のペガサス姿でうろうろしていることも多いルナだったが、どうやら今は人の姿だったようだ。本を読みやすいように、だろうか。

入ってきた千弦にちらっと視線を上げ、ククククッ…、と喉で笑ってみせる。

「あまり我慢させることが得策とは思えないけどね？」

そしてにやっと笑って忠告してきた。

どうやらしっかりと聞き耳を立てていたらしい。そうでなくとも、地獄耳のペガサスである。

「誰にものを言っている？　聖獣崩れが。私の判断に間違いはない」

ふん、と鼻を鳴らし、むっつりとルナ——虚弓の前を通り過ぎて、千弦はさらに奥の衣装部屋へ荒い足どりで入っていく。

「聖獣崩れって、おまえな…」

背中で虚弓がぶつぶつとうめいた。

聖獣に向かって言いたい放題だが、生まれた時から一緒にいるルナとは兄弟のような、幼馴染みのような関係だった。もちろん、生きている年齢はルナの方がずっと上だったわけで、時に教師でもあるのだが。

王宮で生まれ育ち、幼い頃から政務に関《かか》わり、専門的なことは――さまざまな駆け引きや人間関係などは頭に入っているが、自分がある意味、世間知らずであることは、千弦も認識している。おそらく、一般的な常識から大きく外れているところもあるのだろう。

書や神官たち、学問の師からでは学ぶことのできないことを、ルナがいろいろと教えてくれる。自分に体験できないことも、ルナから興味深く聞いたり、時には――ルナに魂を移し替えてもらって――別の生き物の姿になって見聞きしたりもする。

「牙軌の気持ちもわかってやれ。おまえのことを思ってだろうが」

やれやれ…、というように、虚弓がため息混じりに言った。

「あの男がつまらぬことを考える必要はないのだ。必要のあることなら私が考える。問題があるのなら、それなりの対処もする。だいたい牙軌が引け目を感じることなどないはずだろう？　牙軌は、私が選んだ男だ」

傲然《ごうぜん》と千弦は言い放つ。

何か政務に不都合でも出ているのならば、自分に言ってこい！　と思う。まあ、それができないからこそ、牙軌に向かうのかもしれないが。

それに、虚弓がクスクスと笑った。

「そうだな。牙軌が必要なのはおまえの方だ。牙軌にとって、おまえは必要なわけではない。ただ崇拝しているだけでな」

思わず、千弦は黙りこんだ。

……憎たらしいが、ルナの言うことは正しい。

牙軌が必要なのは自分だった。側にいてほしい。頼ることを覚えて。甘えることを覚えて。

もう…、牙軌がいなかった頃の自分にもどるのは不可能だった。

「あとで泣きを見るぞ？」

にやにやと意地悪く、虚弓が言う。

「そんなことはない」

「ふーん？」

強気に返した千弦だったが、虚弓はいかにもな様子で肩をすくめてみせる。

「……牙軌がつまらぬことを言うからだ」

なかば膨れっ面で、千弦はうめいた。

虚弓がクスクスと笑う。

「ま、あの男なりに考えたんだろうな。おまえの評判を落とさないようにと。……牙軌がおまえの側についたせいで、おまえの集まりへ顔を出す頻度が減ったのは確かだろう？」

「別に政務に支障をきたしているわけではないし、牙軌が側についたせいでもない」

眉をよせ、きっぱりと千弦は言った。

「そうかもしれないが、不満に思う者は多い。そしてその矛先は、おまえではなく牙軌へ向かう。おまえを面と向かって責められる者はいないからな」

「誰に何を言われようと、牙軌が気にするとは思えぬが？」

牙軌の生い立ちを考えると、今さらだ。牙軌が気にするとすれば、自分の言葉だけのはずだった。

「自分が言われることは気にしないだろうが、おまえのことだとどうかな？　牙軌が側についてから、だんだんと一位様が怠け者になった、堕落し始めた、……などと言われると、気にしないわけにはいかないんじゃないかな？」

「誰がそんなことを？」

千弦は首をひねった。そんな噂《うわさ》があるとして、当人の耳に入るのは最後だろうが、それにしても表だってそんなことを口にするような度胸のある人間がいるのか、という気もする。

……そもそも、堕落もしていないし、怠けているわけではない。やるべきことはやっている。

「私だ」

つらっとした顔で虚弓が言った。

瞬間、千弦は目を見張った。正直、あっけにとられた。

「私なりの懸念《けねん》を口にしてみただけだけどね？　千弦のイメージを守ることもおまえのつとめだ。甘やかすばかりが臣下のつとめではない——という忠告かな？」

スカした顔で、虚弓がうそぶく。

「——おまえか！　よけいなことを吹き込んだのはっ！」

そして次の瞬間、猛烈な勢いで千弦は手前の部屋にもどると、虚弓の前に立ちはだかった。

他の人間ではない。ルナに言われると、それは牙軌だって考えるだろう。

「どうしてそんなよけいなことを言うっ!?」

地団駄踏むような思いで、千弦はわめいた。

「ま、このあたりで少しばかり距離をおいてみるのもいいかと思ってね。おまえたちでは、まともに倦怠期《けんたいき》も来そうにないし？　落ち着いて自分たちの関係を見つめ直す時間というのかなぁ」

とぼけた顔で言った虚弓に、千弦は怒りのあまりまともな言葉が出せない。

そんな千弦をすわった状態から見上げ、虚弓がいかにも意味ありげな眼差しで千弦に言った。

「だいたいね…、おまえは牙軌の身体に満足しているのかもしれないが、牙軌の方がそうだとは限らないだろう？」

「……なんだと？」

虚をつかれる、というか、思ってもいなかったことになかば呆然《ぼうぜん》と、千弦は聞き返す。

自分は牙軌に抱かれることに満足している。当然、牙軌もそうだと思っていた。

「そもそもおまえは奉仕してもらうばかりで、相手を悦《よろこ》ばすことなど考えていないからな」

あっさりと指摘されて、思わず、うっ…と千弦はつまった。

確かに……言われてみれば、その通りではある。

はっきり言って、ベッドでのあれこれ、テクニックとか？　経験が少ないのでよく知らなかった、というのもある。

それに、今まで枕《まくら》を共にした女たちにしても「一位様の側に上がる」というのは、「奉仕をする」ということに他ならなかった。千弦にとっても、それがあたりまえだったから。

自分はうれしくて、気持ちよくて、夢中になっているばかりだったが、……そう言われると、牙軌は違ったのだろうか？

急に不安な気持ちが押しよせて来る。

そんな千弦を横目にしながら、虚弓が小指で耳を掻《か》いて続けた。

「何か不満があったとしても、当然あの男が口にするはずもないしな」

……それも、虚弓の言う通りだ。

「いい機会だ。少し禁欲して考えてみたらいいかもね」

クスクスと他人事に笑いながら言うと、立ち上がって千弦の肩をたたき、ゆっくりとテラスから庭へと下りていく。その背中に白い翼が生え、大きく広がってふわり、と細身の身体が優美な白馬へと変わっていく。

神秘的で、まばゆいほどに神々しい姿ではあったが。

「くそったれっ！」

その背中に向けて、千弦は到底「一位様」が口にするとは思えない下品な言葉を吐き出した。

牙軌も牙軌だ！　簡単にこんな性悪ペガサスの口車に乗るなどと…っ！

一度口にしてたたきつけたからにはそう簡単に撤回することもできず、千弦は八つ当たり気味に心の中で牙軌を罵《ののし》った。

その男が現れたのは、千弦がやり場のないいらだちを募らせている、そんな時だったのだ――。

◇

◇

穂高《ほたか》――と名乗ったその男を王宮に連れてきたのは、「三位様」こと、永峯だった。

千弦の叔父に当たる男が起こした「謀反」を極秘裏に処理したあと、面倒な後始末をしていた頃だ。

表面上は「一位様」の品格にふさわしく、冷静に、テキパキといつものように仕事を片付けていたわけだが、内心では「ちっ、余計な仕事を増やしやがって」と少しばかりふてくされていた。

少し前だと、千弦がふてくされて仕事を投げたくなると牙軌が甘やかしてくれていたので、精神的にも落ち着いていられたのだが、……今は「禁欲中」だ。

千弦が言い出したことではあるが、はっきり言って「ルナにハメられた…」と千弦としては認識している。

禁欲中ではあっても、牙軌の警護の仕事が変わるわけではなく、今までと同様に、常に側についていた。

もともと寡黙な性質《たち》だから、執務中に言葉を交わすことはほとんどなく、それを気にしたこともなかったが、直《じか》に触れ合うことがなくなったせいか、牙軌の表情が妙に気にかかる。

とはいえ、やはり感情を表に出す男でもなく、ちょっと理不尽にもいらっとしてしまう。

この日は永峯が都の外から帰ってきて、千弦に謁見を願い出てきた。

永峯は千弦の一つ年下の弟で――腹違いだが――、縦にも横にも大きな身体で、ヒゲを生やし（もっとも現場で寝起きもしているようだったから、単に面倒で剃《そ》っていないだけかもしれないが）、千弦と並ぶとどちらが年上かわからないほどだ。

気さくで、気のいい男で、道ですれ違ってもとても王族とは思われないだろう。工事現場の人足たちとも、気軽に酒を飲んでいる。

建築関係に才能のある男で、自分で図面を引いたり、現場にも自分の足で赴いていて、王宮の外に出ていることが多かった。

年の近い弟でもあり、兄弟の中では比較的親しい方だったから、直接私室を訪ねてくれてもよかったのだが、めずらしく正式な面会を求めたのは、どうやら客があったかららしい。

どうやらその穂高という男とは、工事現場で出会ったようだ。

目を惹いたのはもちろん、男の連れていた豹《ヒョウ》――だろう。

自らも黒馬を守護獣に持つ永峯は、即座にそれが男の「守護獣」だと見抜いた。……まあ、そうでなくとも、豹などを普通に連れ歩いている者はいないのだが。

つまり、穂高も王族だということだ。

厳密には、守護獣は王族のみが持っているわけではないが、ほぼ「直系の王族」についている。ごく稀に、直系でなくとも能力のある王家の血筋や、突然変異的にそれ以外の人間につく場合もあるにせよ。

だから永峯が、穂高をどこかの王族ではないか、と推測して声をかけたのは不思議なことではなかった。

「都へ入る西門の向こう…、あの橋の調査をしている時に行き当たったんですよ。目立ちましたからね。なにしろこの豹が」

豪快に大きく笑って、永峯が男と――そしてその守護獣の豹を紹介した。

「ちょうど俺もこっちへ帰ってくるところだったんでついでにお招きしたわけだが、……問題はなかったかな、兄上？」

事後承諾になったことを、永峯が頭を掻きながら詫《わ》びる。

「いや、歓待するよ。――ようこそ、月都へ」

正式な謁見だったので、広間で対面していた千弦は、中央のイスに腰を下ろしたまま、微笑《ほほえ》んで男にうなずいた。

「穂高と申します。雪ヶ陵司家《ゆきがおかつかさけ》に連なる者にございます」

男が丁重な礼をとる。

「名高い月都の一位様にお目にかかれるとは…、この上ない光栄にございます」

じっと千弦を見上げて挨拶《あいさつ》を続ける男を、千弦は静かに観察した。

年は、二十七、八、だろうか。千弦とだいたい同じくらい。

豹を連れているだけあって、武人なのだろう。刀を携えた体格のいい男だった。明るめの茶色の瞳《ひとみ》で、同じ色の髪。襟足がわずかに長い。

いくぶん甘めの容姿だが、時折にじむ精悍《せいかん》さに色気があった。広間の隅に控えている侍女たちの視線も、穂高にじっと注がれているのがわかる。

やはり千弦のすぐ脇に立っていた牙軌の表情に特別な感情は浮かんでいなかったが、それでもじっと、新しく来た客を推し量っているようではある。

雪ヶ陵司家は、雪都《ゆきみや》の王家だ。

皇子ならば、相当に人気もあるのだろうな…、と思わせる男だった。

千弦にしても、雪都のすべての皇子たちを知っているわけではない。基本的に王家に子供たちは多く、千弦の兄弟でさえ、十五人はいる。今のところ、だ。

だから知っているのはせいぜい、何かの機会に使節として訪れた者たちくらいだ。

「道晴《みちはる》殿はお元気ですか？　あなたの……兄にあたられるのかな？」

何気なく尋ねた千弦に、はい、と男がうなずく。

「しばらく国へ帰っておりませんので、ここ一年ほどはわかりませんが…。千弦様にお目通りできたと知れば、ずいぶんとうらやましがるでしょう」

そんな言葉に、千弦は小さくうなずく。そして穏やかに尋ねた。

「そちらの守護獣の名は？　きれいな豹だ」

「スレンと言います」

なめらかな背中を撫でながら、穂高が答える。

豹を連れている、と事前に報告があったので、やはり腹違いの弟の「七位様」、守善《しゅぜん》を同席させており、その傍らには守護獣である雪豹がのっそりとすわりこんでいた。それと比べると、穂高の守護獣は一回りほど大きいようだ。

二匹の豹が、おたがいをうかがうように視線を合わせ、しっぽを立てている。

「人の姿には？」

「今ここでというわけにはは。その…、服がありませんので」

千弦の問いに、穂高が苦笑した。

守護獣は——というか、獣はふだんが裸なので、いきなり人の姿になると服に困る。

が、どうやら、人の姿にはなれるようだ。

と、穂高がちらっとあたりを見まわし、いくぶん口ごもるようにして聞いてきた。

「その、一位様の守護獣はペガサスだと耳にしておりますが…？」

「ルナはほとんど人前に姿を見せぬのでね」

さらりと答えた千弦に、そうなのですか、と驚いたように、そして明らかに失望したように穂高がつぶやく。

「残念ですね…。一度、直に見てみたかったのですが」

「俺もルナ様を見かけるのは、年に一度か二度だからな」

横で永峯が豪快に笑う。

気を取り直したように、穂高が顔を上げて千弦に言った。

「千弦様、突然ではございますが、しばらくの間、滞在をお許しいただけますでしょうか？　長旅を続けておりましたので、少しばかり人が恋しくなっていたところです。スレンもひさしぶりにお仲間に会えたようですから」

そんな頼みに、千弦はうなずく。

「むろん、客人としてお迎えしよう。父上には私から許可をいただいておく。――穂高殿にお部屋の準備を」

横を向いて侍女に命じた千弦の声をかき消すように、永峯が声を張り上げた。

「そうだ。今夜は穂高殿の歓迎の宴《うたげ》でも開くとするか！　俺《おれ》の妹たちとも引き合わせたい」

年回りがちょうどいい、結婚相手候補に定めたのか。どうやら永峯は、穂高が気に入っているようだった。

しかし勢い込む永峯の言葉に、いくぶんあわてたように穂高が続けた。

「いえ、そのへんの余っている兵舎の片隅で十分ですので。宴なども、どうかご容赦を。雪都からの使節でもございませんし、いきなり立ち寄ってそのようなご迷惑をかけたと国に知れたら、父に叱られます」

「そうか？　そりゃ、残念だなぁ…」

永峯が顔をしかめる。単に陽気に騒ぎたかったのだろう。

「お忍びで各都まわっておられるのだろうから」

千弦がとりなすように言った。

身なりは質素な旅装で、守護獣以外に供もいない。が、それは守善や永峯なども、都から外へ出る時には同じだった。

少なくとも月都では、王家の直系の子供たちに守護獣と契約する能力がある代わりに、それぞれがその力を借りて、国と民に尽くす責任を負う。守護獣の力は、国や人を守るためにある。それだけに皇子といえど民衆に近く、特別な場合でなければ他に警護をつけることは少なかった。

穂高も、諸国を武者修行中、という形なのかもしれない。

「まさにその通りです。……いえ、遊び歩いているだけだと兄たちにはあきれられておりますが」

穂高がいくぶん照れ笑いのようなものを浮かべて言った。

「夕食は私がご招待しよう。永峯、守善、おまえたちも同席するとよい」

はい、と弟たちが軽く頭を下げる。

そんな流れで、この日、千弦は兄弟たちと客人とで夕食をともにした。

会食か宴に出るのでなければ、たいてい部屋で、一人で、仕事の合間にすませている千弦だ。……時々、牙軌に食べさせてもらったり。

雛鳥《ひなどり》のように、口を開けるだけで適量を中へ入れてくれるのだ。

甘やかしすぎだっ、とルナはあきれていたが、千弦としてはそんなことも楽しかった。それに、仕事の手を止める必要がないので合理的だ、と思っている。

だが当然、「禁欲」宣言をしてから、そんなこともない。

いや、それとこれとは別だろうから、食べさせてもらうくらいはしてもいいのだろうが、ヘタにそれをすると、自分が我慢できなくなりそうだった。

だから客を招いての会食は千弦としてはめずらしかったが、気晴らしというか、憂さ晴らしというか、気分転換のようなものだ。

大勢での会食は好きではないが、数人での食事であればそれぞれの話もじっくりと聞けるし、いろいろと興味深い。それぞれの人となりを判断する材料にもなる。

服を用意させるので、よければスレンにも同席を、と誘ったのだが。

「それが…、申し訳ありません。実はスレンはこちらの都へ入る直前にケガを負いまして。しばらく体力を使う変化はしないようにしているのです」

「医者に診せたらどうだ？　月都の王宮には守護獣も多い。獣医は優秀だぞ？」

そんな永峯の提案に、いいえ、と穂高は首をふった。

「治りかけておりますから。あとは体力をもどすだけで。……それにしても、本当にこちらには守護獣が多くいるのですね。中庭を拝見して驚きました」

「中庭にいる動物のすべてが守護獣というわけではないだろうが…、そうだな。今は少し多いかもしれないな」

千弦が穏やかに答える。

先日の事件で、叔父のところにいた守護獣たちだ。ケガや精神的なダメージが癒《い》えて、新たな主《あるじ》を求めて旅立った守護獣もいるが、月都の皇子、皇女たちと契約した守護獣もいる。千弦も、一匹のネコと新しく契約をかわした。

守護獣との契約では、主を決めるのは守護獣の側になる。守護獣が自分の能力と、その人間との適性を見極めた上で、相性のよい相手を主に選ぶのだ。そして守護獣としても、なるべく力の強い主につきたいと思うのは当然だった。

とはいえ、一度契約を結んでしまうと、守護獣は主の命令に逆らうことができなくなる。主が死ぬか、正式に契約解除を告げられるまで、だ。

守護獣といえども万能ではなく、未来が読めるわけでも、人の心が読めるわけでもない。契約後に主が豹変《ひょうへん》し、死ぬまで働かされることもあれば、飼い殺しにされることもある。あるいは主の能力を見誤り、思うように力を発揮できない場合もある。

それでも守護獣たちは、自分が生きるために、主が必要だった。

人間にとって、契約した守護獣たちは自分の大きな武器となり、あるいは守りになる。そして守護獣たちは、主から与えられた命令をこなし、主から愛情を与えられることで自分たちの能力を高め、寿命を延ばし、生命力を強くすることができる。

主の信頼や愛情が、守護獣たちの命の糧になるのだ。

だから基本的には、複数の守護獣と契約することは避ける。それだけ「愛情」が分散されるからだ。

それでも守護獣ごとに力のバランスもあるし、小鳥やネズミなど、小さな力しか持たない守護獣であれば群れで契約したり、もともとの守護獣と相談してから新たに契約する場合もある。主の、潜在的な能力によっても違うだろう。

千弦の場合、ペガサスという最高ランクの守護獣を持っている。

が、ある意味、それは特殊な枠なので、別に鷹とも契約していた。今回新しくネコと契約したのは、そのネコが緊急避難的に王宮に来た中の一匹で、かなり弱っていたこともあり、早く新しい主が必要だったためだ。

守護獣のくせにあまり活動的ではなく、どちらかと言えば頭脳派のネコらしい。長く生きているだけに経験も豊富で、今は千弦のよい相談相手になってくれている。

ペガサスの場合は、相談相手というよりはケンカ相手で、……とはいえ、「愛情」という意味では、兄弟のように千弦とは結ばれていると言える。

王族の中には、守護獣の数を増やすことでステイタスを上げようとする愚か者もいるようだが、それは守護獣を疲弊させるだけだった。

穂高の守護獣はスレン一匹だけのようで、その意味では好感が持てる。

そして人間的にも楽しい男だった。会話もうまい。

長く旅をしているだけあって、各国でのエピソードを軽妙な語り口で話してくれる。

「どうだ、楽しい男だろう？」

酒も入って機嫌よく、永峯は大笑いしていた。

「いや、こうして千弦様とお食事をいただけるとは…。私の一生の記念となりましょう」

ため息をつくように言った穂高に、千弦は微笑んで答えた。

「こちらこそ、あなたの話を聞かせてもらって楽しかった。王宮にこもっている身では、体験できぬことばかりだからな」

そんな千弦を、穂高がふっと見つめてくる。

「美しい籠《かご》の鳥というわけですね。……ああ、いえ、失礼なことを」

何気ないように口にしてから、あわてて目を伏せてあやまった。

「いや。そうだな。ある意味、そうなのだろう」

……深く考えたことはなかったけれど。

千弦は月都を離れたことはなかったし、王宮から外へ出るのも、せいぜい休養で近くの別荘へ行くとか、その程度のことだ。

自分が世間知らずなことはわかっていた。だが、その世間を知る必要がないとも言える。

「私の仕事は基本的に、王宮の中にあるからな」

ここで国中の、世界の出来事の報告を受け、分析し、考え、命令する。儀式を行い、未来へ伝え、国を、人を守っていく。

偶像であり、象徴であることも、一つの仕事だった。だから、外に見せる自分は完璧に仕上げる。

聖獣であるペガリスを従える、月都の守り神――。

決して、ルナとバカ話している姿など見せられない。……牙軌、以外には。

「千弦様…」

いくぶんとまどったように、そんな千弦を穂高が見つめていた。

客として滞在することになった穂高は、王宮の侍女たちや皇女たちの間でも、あっという間に人気者になっていた。

気さくで、愛想もよく、話もうまい。

自由に歩きまわる守護獣たちのあとを追うように、広い王宮内を探索したり、時には永峯の仕事を手伝ったり、近衛隊と剣を交えて稽古をしたりしていた。

実際に剣は相当に使えるようで、守善もよく相手をしているようだった。

近衛隊の一部隊の隊長を務める守善は、一般の兵たちとあわせても、月都の軍でもっとも剣技に優れた男である。

それに雪豹の守護獣がついているので――実のところ、それはつい最近のことだったのだが――、ほとんど鬼に金棒という状態かもしれない。

だがそれに甘えることなく、日々、訓練をかかさない。自分も、自分の部下たちにも、だ。

それと張り合うくらいなので、穂高も相当なものなのだろう。

その二人の立ち合いを、木の下できれいな雪豹が長く寝そべって眺めており、穂高の守護獣であるもう一匹の豹——スレンがゆっくりと隣に来て、並んで身体を伸ばす。

スレンはあまり部屋から出てくることがないのだが、どうやら同族の守護獣同士も友好を深めているようだ。

そのうちに穂高は、千弦の執務室と私室とを移動する時刻を見計らうように姿を見せては、千弦と言葉を交わしていくようになっていた。

そして器用に手造りした木彫りのオモチャを千弦のネコにくれたり——守護獣ではない飼いネコ、ミリアにだ——、千弦の執務室から臨める庭の木を、ペガサスの形に剪定《せんてい》して楽しませてくれたり。

……これはあとで庭師に泣かれたようだが。

王宮内の人間であれば、千弦に対してはまず、「恐れ多く近づきがたい」という感覚があるので、これだけズカズカと近づいていく男には、最初、驚きととまどいがあったようだ。はっきりと言えば、ずうずうしい、というのだろうか。

それでも、妙に許せる人懐っこい雰囲気が穂高にはあった。なにより、穂高が千弦に心酔しているのはよくわかるし、自分たちの「一位様」が他国の皇子に惚れ込まれているのは、見ていて気分の悪いものではない。多くは、穂高に好意的だった。

実際に穂高は、一緒にいて楽しい男だった。それは間違いない。

それもあって、最初の会食以来、千弦も何度か穂高と昼食や、時に夕食をともにしていた。あるいは、宴では隣の席に指定したり。

客を歓待する、という意味ももちろんあるのだが、いそがしい千弦にしてみれば、破格の扱いと言える。

それだけに、「めずらしく千弦様が気に入った相手なんだな」という認識が、王宮内で急速に広まっているようだった。

もともと誰に対しても分け隔てなく公平な――厳しいという意味でも、優しいという意味でも――千弦だったから、他の皇子たちとは違って、侍女や侍従で誰がお気に入り、ということは今までなかったのである。

唯一の例外が、牙軌だった。

そのため、「そろそろあの男も飽きられたんじゃないのか？」とか、「いくら警護とはいえ、あの仏頂面が一日中近くにいるのがさすがにうっとうしくなったんだろう」とかいった陰口もたたかれているようだ。

そして、牙軌が切られるのも時間の問題だな、と。それを楽しみに、せせら笑っている者もいるようだった。

牙軌は千弦にとっては「特別」な男であり、だからこそ「特別」に扱っている。風当たりが強いのは、ある意味当然で、仕方のないことだ。

気の毒だな、と思わないでもないが、「特別」をやめることはできないのだから、やっぱり仕方がない。

千弦としては、何か直接的な行動に出た者がいれば、毅然《きぜん》とした対処をするだけである。

まあ、何かされたとしても、牙軌自身がそれを千弦に告げるはずもないので、実際には宮廷内をうろちょろしている「虚弓」がそれを見つけて、千弦に告げ口してくるわけだが。

——頑丈だよねぇ…、あの男。

と、いつだったかルナが、なかばあきれたように感心していたことがある。

今は、あきらめというのか、かなりマシになってきたようだが、本当に一時期の風当たりや嫌がらせはものすごかったはずだ。

その牙軌は、穂高が来てからもそれまでと特に変わるところはなかった。

いつものように、警護として千弦についている。

穂高は「客」の扱いなので、千弦と話している時には礼儀上、二人から一歩退《ひ》いているわけだが、目の前で千弦と穂高との楽しげな会話を聞いているわけだ。

それだけに、穂高の方も牙軌の存在は気になったのかもしれない。

花見の管弦の夜会に、ちらっと千弦が顔だけ出した時だった。

広間の戸口で邪魔にならないように立ったまま、じっと千弦を見守っていた牙軌に、穂高が何か話しかけているのを見かけた。

険悪な雰囲気ではなかったが、……まあ、牙軌が相手では、会話を弾ませることと同様、険悪にもなりようがない。

「何を話した？」

一通り挨拶を終えて部屋に帰りながら、何気ない様子で千弦は尋ねた。

「取り立てては。千弦様の警護についてどのくらいたつのかとか、ルナ様を見たことはあるのか、とか。そのようなことです」

「なるほど」

千弦は肩をすくめるようにして、小さくうなずく。

確かに世間話といったところか。

「ルナのことは何と答えたのだ？」

小さく笑って尋ねると、牙軌は相変わらず淡々と答えた。

「儀式の時に見かけるくらいだと」

牙軌が実直に答える。もちろん、嘘《うそ》だ。

だがこの男は、いつもの顔で普通に嘘をつく。……千弦の命令であれば。

ルナのことはもちろん、誰にも言うな、と口止めをしている。

その嘘を見抜ける者はいないだろう。

守護獣というのは普通、常に主の側にいるものだが、ペガサスはやはり特別なのだと。特別な場所から、時折ご神託のように千弦のもとを訪れるのだ――という、一般的に王宮内に流布している噂を信じているのかもしれない。

「牙軌」

部屋にもどり、着替えて用意されていたベッドへ向かいながら、千弦は静かに振り返った。

「まだ私が欲しくならぬか？」

明かりの少ない薄闇《やみ》の中で、まっすぐに尋ねてみる。

戸口のあたりに立っていた男の影が一瞬立ち止まり、こちらを振り返った。

表情は見えない。が、目が合った気がした。

牙軌は何も答えないままに、きっちりと一礼し、部屋を出る。

「おやすみなさいませ」

押し殺したような声が低く響き、パタン…とドアが閉じた。

千弦はそっとため息をつき、肩をすくめた。

……その時だった。

『穂高を使って牙軌を妬《や》かせようというのは、ちょっと無理があるんじゃないかなぁ…？』

とぼけた声と、喉の奥で笑うような音がいきなり部屋の奥から響き、ハッと千弦は振り返る。

と、今までどこにいたのか、床にうずくまっていたペガサスがパサッ…と白い翼を広げた。

純白の身体が月明かりを弾《はじ》いて、部屋が少し明るくなったようだ。

「別に…、そんなつもりはない」

千弦は無意識に突っぱねるように言い返したものの、ちょっとドキリとした。

理性的に考えて本当に牙軌が妬くとは思わなかったが、……まったく期待していなかったとは言わない。ほんのわずかな可能性でも。

ふふふ…、とルナが笑う。

『無理というか、無駄だよね。あの男、何を考えていようが顔に出さないからなぁ。心の中を推し量れない以上、おまえがジタバタしたって無駄なことだよ』

まったくその通りではあるが、あらためて指摘されるとムカッとする。

『あの男を感情的に動かすのは、なかなか大変なことだと思うぞ？』

「別にそんなことを望んでいるわけではないと言っているだろうが」

むっつりと言い返しながら、千弦はベッドへ入った。

『いいこと、教えてやろうか？』

二人しか——一人と一匹しか——いない部屋だが、ルナが妙に声を潜めて、長い首を伸ばしてくる。

千弦の枕元に馬面を乗せ、耳元でいかにも意味ありげに言った。

「おまえの『いいこと』にろくなことはない」

目をつぶって、冷たく千弦は言い返す。

この二十八年での経験則だ。

『私の考えじゃない。世間一般の、平均的なデータの話だ。男を興奮させるにはどうしたらいいのかのな』

すかして言った言葉に、千弦は薄目を開ける。

と、目の前で長い顎《あご》をベッドに引っかけ、ペガサスがにやにやと笑っていた。

……なんというか、世の人々の美しい幻想をぶち壊すには十分な絵面だ。

人々の夢を守るのも私の大きな務めなんだな…、と妙に達観してしまう。

しかし、気になる言葉ではあった。

ルナの考えなら胡散臭《うさんくさ》さ倍増だが、一般的なデータであれば。

「……なんだ？」

釣られている、とはわかるが、仕方なく尋ねた。

何というか、本当に自分に足りないのは、そういう「世間的常識」なのだ。

にやっ、と白い馬面が笑う。

『今度牙軌に抱いてもらうことがあったらね…、たまには最中に「いやっ」とか言ってみろ。男受けがいいぞ？　きっと牙軌も興奮して激しくなる』

「バカバカしい……」

思わず真剣に聞いてしまった自分が恥ずかしく、千弦は深いため息をついた。

やはり聞くだけ無駄だった。

『そうバカにしたものでもないと思うけどなあ…。私だって、いやっ、やだっ、とか相手に言われたら、めっちゃ燃えるけどなー』

「もう黙って寝ろっ。……だいたい、おまえが牙軌によけいなことを言うから、こんな事態になったんだろうがっ」

あきれたのを通り越して怒りがにじみ、千弦は嚙みつくように言った。

『八つ当たりー。――いてっ』

「これは正当な当たりだっ」

拳《こぶし》でルナの眉間《みけん》――耳の間をぽかっと殴ると、千弦はルナに背を向けて布団を肩まで引き上げる。

『そんなこと言って、千弦…、おまえ、最近よく眠れていないんじゃないのか？　そろそろたまってるんだろう？』

にやにやと背中からからかう声が聞こえてくる。

ツンツンと背中を鼻先でつっつかれ、しかし千弦は無視した。

『私が慰めてやろうか？　……あ、今は蹄《ひづめ》だから痛いか。なめてやってもいいぞ？　馬の口は大きいからな。根元までたっぷり…』

「いいかげんにしろっ、エロペガサスがっ！　黙って寝ないと、そのバカでかい口に轡《くつわ》をぶちこむぞっ！」

バッ、と起き上がって振り返ると同時に、千弦はペガサスの口を両手で押さえこむようにして、ぎゅううっ、と締めつけてやった。

『むーっ！　むむむっむ――っ！』

ルナが馬らしく、うもうもとうめく。

哀れっぽい目をしたルナをじろっとにらみつけてから、千弦は手を離してやると、ハーッ！　とルナが大きく息をついた。

『まったく、聖獣に対する扱いではないな、おまえは…』

自分の聖獣らしからぬ行状を棚に上げて、ぶるんぶるんと首を振りながらぶつぶつと文句を垂れる。

『それで、穂高という男はどうするんだ？』

再び背中を向けて目を閉じた千弦に、何気ないようにルナが尋ねてくる。

「あの男次第だろう。……そのうちに動く」

目を閉じたまま、千弦はさらりと答えた——。

◇　　◇

それは、穂高が滞在してから十日ほどがたった夜だった。

この日は夜会が開かれており、挨拶だけにしても千弦が部屋にもどったのは真夜中に近かった。

気怠《けだる》く着替えをすませ、風呂《ふろ》を使ってから、部屋を整えていた侍女たちが下がり、いつも通り最後に牙軌が辞していく。

そんな背中を、ふん、と見送り、わずかに酒も入っていた千弦は、すぐに寝床へ入った。

その気配に気づいたのは、どのくらいたってからだろうか。

ほんのわずかな物音――というより、気配、だったのかもしれない。

「……ルナ？」

なかば夢うつつに小さく呼びかけてみるが、返事はなかった。

またルナが夜中に帰ってきて、千弦のベッドへ潜りこもうとでもしているのか、と思ったが。

気のせいか…？　と思い、再び眠りに引きこまれようとした時、スッ…と闇に紛れて何かが部屋に入りこんだ気配を感じた。

ハッ…、と次の瞬間、千弦は目を開く。

――暗闇。

だが間違いなく、その中に潜む息遣いがある。馴染んだ、ルナの気配ではない。

誰が……どこから入ってきたのか。

庭へ続く扉からではない。そのガラス扉は、開く時にかなり大きな音を立てて軋《きし》むので、それで千弦が目を覚まさないはずはない。

本来は、奥宮から続く執務室を通って入ってくるはずだが、そちらの廊下には宮中警備兵の見張りが立っているはずだ。

残る一つの方向は、奥宮の離れにあるこの千弦の私室からさらに奥にある――ふだんはルナが使っている部屋だ。

広めの一部屋で、大きなベッドとソファくらいはあるが、馬姿でも人間の時にも使いやすいように家具は少ない。

騒ぎが起きていないところをみると、ルナは留守だったのだろう。

千弦たちが夜会に出て離れにいなかった間にこっそりと忍びこみ、ルナの部屋に隠れていたようだった。侍女たちや牙軌がいた間もずっと、息を殺して。

そして誰もいなくなってから、こちらに出てきたのだ。

何か探すように寝所を見まわし、歩きまわった影が、やがて千弦のいるベッド脇に立った。

千弦は眠っているふりで目を閉じる。

その視線を痛いように感じる。じっと見下ろしている気配。鋭い眼差し。

それから影はスッ…とベッドから離れ、ドローイング・テーブルの方に向かった。

知らず、千弦はホッと息をつく。

何か捜し物でもしているような男の後ろ姿をこっそりと確認する。

――穂高だった。

顔も見えず、闇の中ではっきりとしなかったが、その気配は間違いない。

しかし、穂高の目的がはっきりとしなかった。

金なのか、自分の命なのか、身体なのか。あるいは別の何か――？

だがとりあえず、自分を殺すつもりはないようだ。殺すつもりならば、さっきやれたはずだ。

――どうする？

少し考えてから、千弦はそっと身を起こした。そして息を吸いこみ、闇に向かって静かに声をかける。

「穂高殿。このような夜分に何用か？」

ビクッ…、と黒い影の動きが止まった。そしてハッと振り返り、一瞬、どうするか迷ったようだったが、そのままゆっくりとベッドに近づいてきた。

「千弦様…」

かすれた声。

しかしこんなふうに忍びこんで、本当に気づかれないと考えていたとは思えない。

「人を訪ねる時間とは思えないが？」

冷ややかに言った千弦に、穂高がガクリ…、といきなりベッドの脇で膝を折った。

「お許しください、千弦様…。もう……私は自分を偽ることができません…！」

そして、シーツの端をつかむようにして肩を震わせる。

「どういう意味です？」

「お願いがございます。どうか私を…、千弦様のお側においていただけませんか…!?」

そしてグッと身を乗り出すようにして、必死の眼差しで頼んできた。

「側近として取り立てていただきたいのです…！　千弦様の警護官として、腕には自信があります」

わずかに目をすがめた千弦に、さらに言い募る。

それに、千弦はそっと息を吐いた。小さく首を振り、口元で微笑んでみせる。

「バカなことを。あなたは雪都の皇子というお立場では？　他国の皇子の側役など、とてもさせられるものではないはず」

「いえ、問題ではありません…！　皇子とはいえ、私は世継ぎではない。上にはまだ何人もの兄がおります。私まで順番が回ってくることなどありませんからね」

いくぶん力強い口調で、穂高が続けた。

月都の一位様の寝所へ忍びこんだのだ。本来なら直ちに兵が呼ばれ、言い訳など関係なく捕らえられてもおかしくはない。

だが千弦が話を聞いてくれることに力を得たようだ。脈がある、と踏んだのかもしれない。

「お気持ちはありがたいが、穂高殿、私には警護の者はすでにいる。それ以上に必要はない」

静かに告げた千弦に、そっと穂高が息を吸いこんだ。

「牙軌殿ですね？　千弦様はあの者に、……伽《とぎ》もお命じになっているとか？」

床に膝をついたまま、じっと穂高が千弦を見上げてくる。

「そうだな」

何でもないように、千弦がうなずく。

おおっぴらにしているわけではないが、もろちん部屋付きの侍女や侍従が気づかないはずはない。主の私生活を口外するのは、使用人としては失格だが、しかしことさら強く口止めしているわけでもなかった。

快く思わない者は多いかもしれないが、誰が何を言ってこようとはねのける覚悟はあったし、その自信もある。

それにギュッと拳を握り、穂高が唇を噛《か》みしめた。

「あの男が千弦様の身体に触れているなどと…、そのようなことはとても考えたくない…！」

高い声を上げ、額を床につけるようにしてさらに続ける。

「どうか千弦様…！　お側で仕えさせていただけるのであれば、雪都での身分など、いつでも捨てる覚悟はございますっ」

「お気持ちはありがたいが、穂高殿。そのようなことをすれば、私が雪都の王に怒られてしまう」

なかば軽口のように言うと、千弦はそっとベッドから立ち上がった。

牙軌に、これくらい情熱的に求婚されてみたいものだな…、と内心でちらっと思い、しかし、あくまで自分を律しているのが牙軌なのだ、とも言える。

自分の気持ちを押しつけることをしない。千弦の立場と、自分の立場をきっちりと理解した上で、ただ黙って、自分のなすべきことをしている。

「決して軽い気持ちではございません…！　私ならば、いつなりと千弦様の話し相手になれましょう。そしてお望みであれば、私はいつでも千弦様を外へ連れ出すこともできます…！」

千弦の足をつかむようにして必死に吐き出した言葉に、千弦はわずかに目をすがめた。

「籠の鳥を自由に……か？」

尋ねるようでもなく、小さくつぶやく。知らず、口元に小さな笑みが浮かんでいた。

おそらく闇の中で、穂高にはわからなかっただろうが。

「はい…！」

穂高がうなずいた。

「どこへなりとお供いたします」

それは、二人で国を捨てて逃避行するという意味なのか。あるいは、王宮を抜け出して、千弦が自由に世の中を見てまわる手伝いをする――という意味なのか。

どちらにしても、発覚すれば重罪に問われることになる。

――と、その時だった。

闇の中で銀色の光が一閃《いっせん》した。

ハッ、と穂高が息を呑《の》むのと、その声が千弦の耳に届いたのはほとんど同時だった。

「その手を離せ…！」

明らかな殺気が波のように押しよせ、一気に空気を押し潰《つぶ》していく。

気がつくと、穂高の身体が強引に引き剝《は》がされ、その首筋に刃《やいば》が突きつけられていた。

さすがに穂高の表情が凍りつく。

「牙…軌……？」

かすれた声が喉の奥から絞り出された。

しばらくは誰もが声を発することなく、闇が降り注ぐ音が聞こえそうなほどだった。

その緊張を破ったのは、千弦だ。

「牙軌、よい。刀を引け」

静かに命じる。

千弦の表情を確認してから、牙軌がスッ…と刀を引いた。

目に見えて、穂高の表情に安堵《あんど》が浮かぶ。それでもまだ顔を引きつらせたまま、ほとんど無意識にか、尻《しり》で後退《あとじさ》って牙軌から距離をとった。

そしていくぶん落ち着かないように牙軌を見て、それからあわてて居住まいを正すと、すがるように千弦を見上げてくる。

「どうか、千弦様、この男と正式な立ち合いをさせていただきたい…！　どちらが千弦様のお側にいるにふさわしいかを、ご自身の目で確かめていただけませんか…!?」

わずかに眉をよせてから、千弦は確認した。

「それは、真剣での立ち合いという意味か？」

つまり、どちらかが命を落とす可能性もある——と。

一瞬、顔を強ばらせたが、それでも、はい、と穂高がうなずく。

その言葉に、千弦は少し考えた。

穂高に、それだけの覚悟がある、ということだ。それだけ、この男にとっては重要なことだと。

千弦の側役になる、ということに、自分の命をかけるほどに。

「牙軌？」

視線を移して尋ねた千弦に、刀を鞘《さや》にもどした牙軌がまっすぐに視線を返してくる。

「私はかまいませんが」

千弦は一つうなずいた。そして穂高を見下ろして声をかける。

「ならば、追って日時は定めよう」

「ありがとうございます…！」

深く一礼し、のろのろと穂高が立ち上がった。

そして千弦にあらためて拝礼し、牙軌にも黙礼してから部屋を出て行く。

「……見張りをつけましょうか？」

その背中を油断なく見送って、牙軌が低く尋ねてきた。

「いや。必要あるまい。逃げるつもりはないようだからな」

それでも牙軌は廊下の端に立っていた警備兵を呼び、穂高を部屋まで送らせる。……というより、部屋へ帰るのを確かめさせたのだろう。

そして再び寝所にもどってきてから、千弦の前で膝をついた。

「侵入を許しました。申し訳ございません」

それに千弦は小さく笑う。

もともと「客」として奥宮への出入りを許した男だ。牙軌の落ち度というわけではない。

だが、それにしても――。

「ずいぶん近くにいたようだな。扉の外で張り番でもしていたのか？」

牙軌の部屋は、この千弦の寝所から庭を突っ切ればそれほど離れていない兵舎の片端にあったが、しかしこの部屋で話している声が届くような距離ではない。

現れた時の状況にしても、廊下側から執務室を通って入ってきたようだった。

つまり、千弦の部屋をいったん辞してからも、牙軌は部屋の前の廊下か、あるいは執務室、その間の控えの間――そのあたりのどこかにいたということだ。

夜通し、ずっと張り番をしていたのだろうか？　しかも、今夜たまたまというわけではないだろう。

おそらくは、ここしばらくずっと。もしかすると、穂高が滞在するようになってから、ずっと――だろうか？

「念のため」

例によって淡々と牙軌は答えた。

いったい何の、「念のため」なのか。

千弦の身を心配していたのだとすれば、……もちろんそれは牙軌の責務ではあるが、本来ならば客である雪都の皇子が千弦の寝所を襲うなどとは考えられない。一つ間違えば、国際問題にもなる。

それでも心配だった、ということだろうか？

顔には出さないが、少しは妬いていた、ということだろうか。

そう思うと、少し胸が疼《うず》くようにうれしい。

だが。

「千弦様。私は…、勝ってよろしいのでしょうか？」

いくぶん口ごもるようにしてから、それでも低く尋ねてきた牙軌に、千弦は思わず目を見張った。

そして次の瞬間、考えるより先に手が動いていた。

平手で牙軌の頬《ほお》を力いっぱいはたきつける。

カッ…！　と手のひらと、身体に熱が湧《わ》き上がった。

無言のまま、激しくにらみつけると、牙軌がわずかに目を見開き、申し訳ありません、というように低く頭を下げた。

「失礼いたします。念のため、隣室におりますので。……ゆっくりおやすみくださいませ」

いくぶんぎこちない調子でそう口にすると、視線をそらしたまま下がっていく。

——バカがっ！

千弦はその大きな背中に、心の中で吐き出した。


牙軌と穂高の立ち合いが行われたのは、その翌々日のことだった。

穂高が思いあまって寝所へ夜這《よば》いに来た、などということは、もちろん表沙汰《おもてざん》にする必要はなく、ただ千弦の側役につくことを願い出て、ならば、と、牙軌と正式に立ち合うことになった――という流れだ。

……とはいえ、侍女たちの間では、「千弦様をめぐっての決闘なのねっ！」などと、かしましく盛り上がっているようだったが。

形としては大げさなものではなく、「立ち合い」という形だったが、それでも真剣で――というだけに、緊張した空気に包まれていた。

場所は奥宮の中庭で、立会人には守善が立った。

もちろん千弦はつぶさに見守るつもりだったし、守善の配下だろう、近衛兵や話を伝え聞いた者たちが中庭を取り囲むように集まっていた。

この状況では、どちらにせよ、負けた者はこのまま王宮にとどまることはできないだろう。

千弦に不安がないわけではなかったが、それでも、牙軌が受けたのだ。それ以上、千弦に言うことはない。

「兄上、少しよろしいですか？」

始まる前、守善に声をかけられ、少しばかり話して、なるほど…、とようやく納得した。

千弦にしてみれば、穂高の狙《ねら》い――目的だけがわからなかったのだ。

「ならば、守善。おまえの力の使いどころだろう」

小さく笑って言うと、はい、と守善がうなずき、腰の刀の脇に刺している、象牙《ぞうげ》のようなめずらしい色合いの小柄《こづか》に指で触れてみせた。

月都の、今の国王の直系の子供たちは、みんなそれぞれの能力にあった守護獣を得ている。そのほとんどは生まれると同時に守護獣がついたものだが、守善だけは長く守護獣がいなかった。

つまり守護獣に選ばれなかった、ということで、ずっと「能なし」と兄弟たちの中でも侮られる存在だった。その時でさえ、剣の腕は守護獣の力がなくとも抜きん出ていたのだが。

だがその守善も、ついこの間、遅ればせながら自分の能力を開花させたのだ。

他の兄弟たちとは違う、特別な能力を。

「頼む」

短く言った千弦に、はい、と答え、ちょうどのっそりと近づいてきた守善の守護獣――雪豹の頭を愛《いと》おしげに撫でた。

「――よろしいか？」

そして、決められた時刻。

中庭で牙軌と穂高がそれぞれの刀を手に、静かに向き合った。

「始め……！」

守善の声とともに、一気にまわりの空気が張りつめる。

中庭で向き合う二人は、しかしピクリとも動かなかった。腰の刀を抜く寸前の体勢で構えたまま、おたがいににらみ合う。

それぞれに居合いを学んでいるのだろうか。だとすれば、勝負は一瞬でつく。

瞬きもできないまま、千弦は回廊の一角に設《しつら》えられたイスに腰を下ろし、じっと二人を見つめた。

誰もがその緊迫した空気に当てられたように息を殺し、ただ見ているしかない。

立ち尽くしたままの影が明らかに動いたのがわかるほど長い時間、二人は固まったように動かなかった。

風の音。鳥の声。木葉のすれる音。観客の咳払《せきばら》い。

一瞬でも何かに気を散らせたら、その瞬間で終わりだった。

そして――千弦の目には、何がきっかけになったのかわからない。

すさまじい気合いと一閃が、いきなり目の前で弾けた。

あるいは、その一瞬でついたはずの勝負は、互角だったようだ。

次の瞬間から、一気に勝負は激しい斬《き》り合いへと変わっていた。刀の噛み合う音が耳に突き刺さり、二人の気合いと、靴音が腹に響く。

息をすることも忘れて、千弦は二人の姿を見つめていた。

牙軌は、間違いなく月都でもっとも剣をよく遣う男である。あるいは守善なのかもしれないが、二人は正式に立ち合ったことはなかった。

二人とも、優劣を決めることに特に興味がないからだろう。単純に、強い相手とやってみたい、という気持ちはあったとしても。

必要な場合に、必要な技量があればいい。誰かを守るために。

そしてそのために、鍛錬を怠らないストイックさもある。

だがその牙軌を相手に、穂高もかなり遣うようだ。太刀筋が少し独特で、牙軌としても見極めが難しいところがあるのかもしれない。慎重な運び。

それでも千弦の目には、少し牙軌に余裕があるように見えた。

牙軌がほんの少し油断をすれば危ういくらいの、しかし、明らかな力量の差。そして牙軌は、どんな相手に対しても、どんな場合でも油断をするような男ではない。

そしてその差は、徐々に誰の目にも明らかになっていった。

真剣に見つめていたまわりからも、「んっ?」とか、「おっ?」という小さな声がこぼれ始めている。

穂高が、明らかに押されていた。

二の腕のあたりで服が裂け、頬をかすめた切っ先に沿って、薄く血が流れ落ちる。

穂高の息が荒く、上がり始め、足元が微妙に危うくなった。

それでも決死の表情で牙軌をにらみつける。

「ここでやめておいたらどうだ？」

ほとんど勝負の行方は見えた時、まっすぐに刀を構え、牙軌が静かに口にした。

「ふざけるな…！」

プライドも当然、あるのだろう。だがそれだけでなく、穂高にとっては負けるわけにはいかないのだろう。

最後の望み——だと、穂高自身は思っているのかもしれない。

命をかけて、それほどまでに穂高が欲しいもの。

それは、千弦の側役という名誉などではない。もちろん、千弦の気持ちでもない。

「ケガだけではすまぬことになるぞ…！」

厳しく叫んだ牙軌の切っ先が、鋭く穂高の脇腹をえぐる。

——かと思った瞬間だった。

茶色の塊が風のような勢いで二人の間に飛びこんで来た。

ハッと、穂高が顔色を変える。

「出るなっ、スレン…！」

穂高の守護獣だ。

立ち合いとはいえ、守護獣だけに主の危機を見過ごすことはできないのだろう。

だが、その時だった。

パリン……！　とほんのかすかな、何かが割れるような音が耳に届いた。

……ような気がしただけかもしれない。

ほんの小さなもので、本当ならこの距離でそんな音が聞こえるはずはない。

それでも千弦の視界で、赤いカケラが宙に舞ったのが見えた。

どさり……！　とスレンの優美な身体が地面に落ちる。

だが、牙軌が斬り殺したわけではない。牙軌は一瞬早く、自分の刀を引いていた。

……打ち合わせ通りに、だ。

牙軌にはそれだけの余裕があったということだ。

だが、すべては一瞬の出来事だった。

見ていた者たちには、何が起こったのかわからなかったかもしれない。

それでも千弦の目は、その一瞬に、二人から等距離をおいて立っていた守善が自分の象牙色の小柄を投げたのを、しっかりととらえていた。

「スレン……!?」

穂高が叫び、剣を投げ捨ててスレンの身体に走りよる。

一瞬、意識を失っていたようだが、主の呼びかけにすぐに目覚めて、スレンが弱々しくその手をなめる。

穂高もあわてて スレンの身体を確かめ、傷を負ったわけではないとわかったのだろう。

それだけに、状況が理解できないのは観客たちと同様のようだった。

——いや。ただ一つだけ、穂高には認識できることがあるはずだ。

守護獣の証《あかし》である、スレンの前足にはまっていたはずの赤いリング——それがこなごなに砕けているのが。

無意識に、それがはまっていたはずの前足を握りしめている。

「いったい……何が起こったんだ……？」

呆然と、蒼白な顔でつぶやいた。

◇　　◇

守善の持つ特別な能力というのは、剣技の他に、「守護獣との契約を外から強制的に切る」というものだった。

象牙色の小柄で砕いたのは、その証となるリングだ。契約の血を固めたような赤い色のリングは、主との契約を交わした守護獣の手、あるいは足にはまっている。

だが守護獣との契約は、普通であれば、主の死か、主からの解約でもってしか切ることはできない。

それだけに穂高には、すぐには状況が呑み込めないようだった。

地面に膝をつき、呆然と壊れたリングを見つめ、そして思い出したようにぐったりと横たわるスレンの身体を優しく抱き上げる。

「スレン…、大丈夫か？」

どうやらこの様子であれば、守護獣を大切に扱っていない、というわけでもなさそうだ。

すでに立ち合いの勝敗はついており、守善がまわりで見ていた者たちを解散させる。

千弦はゆっくりと彼らへ近づいた。

「千弦様……？」

「中へ」

それでもまだ混乱しているように穂高がぼんやりと顔を上げたのに、千弦はぴしゃりと言った。

「スレンは死にはせぬよ」

穂高がわずかに目を見張り、大きく息をついた。

のっそりと近づいてきた雪豹が軽く鼻先をスレンに近づけて、何か言うように小さくうなると、スレンが四肢に力を入れてようやく自分で立ち上がる。

そしてとりあえず、奥宮の執務室に移動することになった。

「穂高殿」

守善にうながされるまま、放心したように穂高も歩き出す。時折その視線が、心配そうにスレンを見つめる。

他の者たちを先に行かせ、千弦は剣を収めて立っていた牙軌に近づいた。

「ご苦労だったな」

静かに言ってから、スッ…と手を伸ばし、指の甲で牙軌の頰に触れる。

ビクッ…、と一瞬、そのがっしりとした身体が震え、それでもまっすぐに立ったまま千弦を見つめてきた。

「この間はすまなかった。……痛かったか?」

思いきりたたいてしまった。

「いえ…」

わずかに息を呑み、かすれた声で牙軌がようやく答える。そしておそるおそる頰に触れる千弦の手を取り、その甲に自分の唇を押し当てた。

「あれは俺の…、俺が誤ったのです」

ギュッと千弦の手をつかんだまま、牙軌が言った。

「そうだな」

その言葉に、傲然と千弦はうなずく。

そうだ。牙軌が悪い。ただ――。

「私は…、おまえには感情が抑えられぬようだ。おまえとルナにはな」

千弦はため息をつき、小さく肩をすくめた。

他の人間であれば、受け流すだけですんだ。だが、牙軌にはそれができなかった。

それだけ特別な存在だった。思いきり、感情をぶつけられるほど。

幼い頃から、ずっと自分の感情をコントロールすることには慣れているはずだった。それでもわだかまる思いは、ルナにぶつけていた。ルナと口ゲンカをすることで発散できた。

それだけ甘えることができるのだ。ルナにも、そして牙軌にも。

「なぜ怒ったのか、わかっているだろうな？」

あらためて尋ねた千弦に、牙軌がそっと唇をなめる。

「思う……ところはあります。ただそれを、口にすることはできません」

「なぜ？」

目をすがめ、知らず冷ややかに問いただしてしまう。

「口にすることが恐いので」

しかし牙軌の口から出たのは予想外の答えで……、千弦は思わず、目をパチパチとさせてしまった。

「恐い？」

「千弦様のお側においていただけるだけで、身に余る幸せです。それ以上は…、俺が望んでよいものではありません。……ただ、その代わり」

顔を上げ、牙軌がまっすぐに返してくる。

「どのような相手にも、負けるつもりはありません。誰よりも強くなければ、千弦様の警護は務まりませんから」

それが牙軌の、この男のスタンスなのだろう。

自分自身に与えた条件――なのか。

千弦の側にいるために。

「そうか」

短く言って、千弦は小さく微笑んだ。

胸の奥がじわりと熱くなるのがわかる。

側にいたいと望むからこそ――自分に厳しい。

「私は剣の腕だけでおまえを側に置いているわけではない。もっと…、おまえは自惚れてもよいのだがな」

「もったいないお言葉です」

「ルナに言わせると、私の面倒を見るのは大変だそうだが？」

いくぶん皮肉めいた口調で言った千弦に、牙軌が首を振る。

「そのようなことは、決して。すべて……俺には悦びです」

そんな言葉に、千弦は思わず喉で笑う。

ルナが聞けば、「マゾだなっ」とでも声を上げそうだ。

「牙軌」

少しばかり楽しい、そして意地の悪い気持ちのまま、千弦は尋ねた。

「我慢しているか？」

「……はい」

とっさに視線をそらし、低く牙軌が答える。

「私にもまだ、我慢をさせるつもりか？」

ハッと、牙軌が顔を上げる。そしてそっと息を吐き出すようにして言った。

「申し訳ありませんでした。俺の……、間違いでした」

「そうだ。おまえが悪い。私を甘やかすのもおまえの務めだ」

やはり傲慢に言い放つと、千弦は小さく声を上げて笑った。

「今宵《こよい》は覚悟しておけ」


千弦たちが遅れて執務室に入ると、中にいた穂高が弾かれたように顔を上げた。

「千弦様…！　本当ですかっ？　私と…、スレンとの契約が切られたというのはっ？」

どうやらその説明を守善から受けたらしい。

千弦の入室に、守善があわててソファから立ち上がろうとしていたが、その膝を枕に転がっていた雪豹が、ぐるるるっ、と喉で不平をもらす。

視線で確認した千弦に、守善が雪豹をなだめながら何とかうなずいて返した。

雪豹が守善に首のあたりを撫でてもらって、ようやく機嫌を直し、気持ちよさそうにしている。

そんなわがままに甘える様子に、……千弦は少しばかり自分の姿を客観的に見せつけられたようで、微妙に気恥ずかしくなる。

それでも、穂高や守善の前だ。表情には出さず、あえて冷淡な口調で指摘した。

「このままおまえに任せておけば、スレンは命を失うだけだからな」

その言葉に穂高が息を呑み、ガクリ…と肩を落とした。

その足元ではスレンが身体を伸ばし、床に膝をついた主――元主の手に、心配そうに顔をすり寄せている。

……守護獣にもこれほど慕われているというのに。

千弦はそっとため息をついた。

「俺を助けたせいでっ！　こいつは自分の命をすり減らしたんだ…」

振り絞るように穂高が声を上げた。

「しばらく前…、月都に入る直前に賊に襲われて……、俺をかばってこいつは全身に矢を受けたんですよ…！　ですから——もしかして、ペガサスの力があればどうにかできるのではないかと…っ」

そのためにここに来た、というわけだ。ルナを頼るために。

しかし声を震わせた穂高に、千弦はぴしゃりと言った。

「愚か者が。そういう問題ではない」

ビクッ…と穂高が顔を上げる。

「守護獣の使い方をまともに知らぬからそういうことになる。まあ、環境がそうでなかったことには同情するがな」

「あ……」

その言葉の意味を取り損ねたのだろう。穂高が千弦を、そして守善や牙軌を見まわした。

ハァ…、とため息をついて、守善が頭を掻いた。

「最初は、本当にペガサスがいるのかどうかを確かめるために、雪都が送りこんできた者かと思ったんですけどね…」

めったに人前に姿を見せることのないペガサスは、それだけ神秘的な存在であるわけだが、他国の人間にしてみれば存在自体を疑っているところもある。

国を大きく見せようとするために、月都がそう言っているだけではないのか、と。ペガサスというのも、普通の馬に翼をつけて造り上げただけのものではないのか、——というわけだ。

「穂高。おまえが雪都の皇子でないことはわかっている」

机の奥のイスに腰を下ろしながら、千弦は淡々と言った。

えっ？　と短い声を上げ、穂高が驚愕《きょうがく》の表情で千弦を凝視した。

「なぜ…？」

かすれた声がこぼれ落ちる。

おそらく、今まで見破られたことがなかったのだろう。常に「雪都の皇子」と偽っていたわけではなく、場所によっては、それこそ「月都の皇子」を名乗っていたのかもしれないが。

それでも、「守護獣を連れている」という一点で、王家の血筋だと納得させるには十分だったのだ。

「おまえと最初に謁見した時、兄の道晴は元気かと私は聞いたな？　道晴殿は以前、月都に使節として訪れた方だが、今の雪王の弟にあたられる。つまり、雪都の皇子からは叔父になる。おまえがまことに雪都の皇子であれば、兄と言われたことを訂正すべきだったな」

「あ……」

しまった、というように穂高が唇を噛み、視線をそらせた。

「おまえのここへ来るまでの足跡を、さかのぼって調べさせた」

淡々と、千弦は続ける。

調べたのは、実はルナだ。夜に人目を避けてペガサスの姿で飛び、虚弓の姿で調査をする。慣れたものだった。人を送って調べさせるより、よほど早い。……まあ、気が向かなければやってくれないわけだが。

「月都の有山《うざん》領で二カ月。月明領でひと月半。花都の美貴《みたか》領では三カ月。地方の豪商や領主たちのところに滞在し、さんざん飲み食いし、旅立つ時には餞別《せんべつ》として金を受けとる。立派な詐欺師というわけだな。娘との婚姻を迫られて、あわてて逃げ出したところもあるそうだが？」

からかうように言った千弦に、顔を上げられないまま、穂高が拳を握りしめる。

「滞在中は、高名な道場で剣の修行もしていたとか。熱心なのはよいが、人をだましてすることではないな。……まあ、地方領主たちであれば、直接王家の人間と面識がない場合も多い。だからバレなかったのだろうが、月都の王宮はさすがにリスクが高かったはずだ。見破られる恐れがあることはおまえにもわかっていたはずだが…、危険を冒してまで、この王宮に入りこんだ。その狙いが、初めはわからなかったのだが」

――それは、ルナだった、というわけだ。

客として入りこみ、簡単に会えるようだったら、弱っていくスレンについて相談できる。

だが、めったに姿を見せないと聞いてあせったのだろう。

そして千弦に心酔したふりをして、牙軌の後釜《あとがま》として側付きに取り立てられれば、ペガサスに会う機会も増える、と考えた。

千弦を前に蕩々《とうとう》と口にした言葉の数々は、すべて演技だった、ということだ。

さすがは詐欺師だ。口がうまい。

だがその中ににじんでいた必死さは、本当だったのだろう。

「十五、六の頃から…、こいつとは一緒だった。死なせることはできん…！」

歯を食いしばるようにして、穂高がうめいた。

どうやら、生まれた時から穂高には母親しかおらず、その唯一の肉親である母を病気で亡くした頃、スレンとは出会ったらしい。母親の墓の前で。

初めは守護獣などということもわからず、いきなり現れた豹に怯《おび》えるしかなかった。それでも攻撃してくる様子はなく、慰めるように側にいてくれるスレンに心が和んだ。

王宮にいれば、そこら中に守護獣がいるような気になるが、実際には稀少《きしょう》な存在だ。一般の民衆であれば、生涯ほとんど縁はない。

だから、いきなりスレンが人の言葉をしゃべった時には驚いただろう。

契約を持ちかけたのは、スレンの方からだったらしい。スレンにしても、前の主と死に別れたところで新しい主を探して放浪していたようだ。

『俺でいいのか…？　王族でもないのに』

さすがにとまどって穂高も確認したようだが、かまわない、とスレンが答えた。

守護獣は、絶対に王族しか持てないものではない。ごく稀に、一般の人間でも何かの能力に抜きん出ていれば、守護獣が契約を交わすことはある。

実際、穂高は剣技に優れた才能があった。それまで正式に習ったことはなかったものの、我流で力を伸ばし、スレンとともに故郷を離れて各地を訪れ、見込んだ師について、あらためて型を学ぶと、さらに力をつけた。

スレンと出会わなければ、故郷を出る勇気はなかったのかもしれない。

だがそのうちに、スレンを連れていることで、出会う者たちが勝手にどこかの王族ではないか、と思い込むようになった。初めは違うのだ、といちいち説明していたが、それもだんだんと面倒になってきた。そのうちに、勝手に思い込ませておけばいいか、という感覚で、言われるままに領主の館《やかた》に滞在し、贅沢《ぜいたく》を覚えた。

そしてだんだんと、自分から名乗るようになっていた――というわけだ。

そんな中、賊に襲われて、スレンが大きなケガを負った。傷は治っていたが、目に見えて身体は弱っていった。

心配し、考えあぐねた末、月都の王宮に入りこむことを決心したらしい。むろん、それまでの詐欺とはレベルが違うことはわかっていたが。

「スレンは何度も俺を助けてくれた。このまま死なせることはできなかったんだ…」

悄然《しょうぜん》とうなだれて、穂高がうめいた。そしておそるおそる顔を上げ、千弦に尋ねてくる。

「何か…、手はないのかっ？　このまま弱っていくのを見ているしかないのですかっ？　千弦様っ、お願いです…！　ペガサスに聞いてもらえませんかっ!?」

ほとんどなりふり構わず、穂高が頼んできた。

それに千弦は大きなため息をつく。

「おまえは思い違いをしている。守護獣は正しいことに使わねばならぬ。身体に受けた傷の問題ではないのだ。主の言葉には逆らえないが、詐欺の片棒を担がされることにスレンは心を痛めていた。だから弱っていったのだ」

というのは、雪豹が聞き出したものだ。自分から主の罪を明かすことはなかったが、こちらから詐欺のことを指摘すると自分の体調については説明してくれた。

「そんな……」

愕然とした顔で、穂高がつぶやく。

「守護獣は肉体に受ける傷より、精神的に受ける傷の方がダメージが大きいからな。命をむしばんでいくのだ」

「どうすれば……いいんですかっ？」

「何もする必要はない。おまえはもう、スレンの主ではないのだからな」

声を上げた穂高に冷たく指摘すると、ようやく思い出したようにビクッと穂高の身体が震えた。そしてじっと、スレンを見つめる。

「そうだな…。その方がおまえのためか」

小さくつぶやき、そっとなめらかな背中を撫でた。

「とはいえ、主がおらぬと、それはそれで守護獣は弱るものだが」

「誰か…、こちらの王族で契約を交わしてくれる方はいないのですかっ？　――あっ、そうだ、守善殿なら…っ」

千弦の言葉にあせったように穂高が顔を上げ、すがるように守善を見る。

「いや。俺はコイツだけで手一杯だ」

考える間もなく、守善が膝の上の雪豹の耳の間を撫でるようにして答えた。

不器用な守善ならそうだろう。

「で、では、千弦様はっ？」

「契約は守護獣の方から主を見つけて行うものだ。スレン次第だろう」

こちらに向き直った穂高に、千弦は冷淡に告げる。

「だが当分、スレンのことは私が責任を持って面倒を見よう。新しい主を選ぶにも、少し身体も心も休ませた方がいいだろうからな。主ではないおまえが心配することはない。……むしろ、おまえは自分の身を心配した方がいいだろうな？」

どこか意味ありげな言葉に、一瞬、穂高がとまどった表情を見せ、それから、あ…、と今さらに気づいたようだ。観念したように目を閉じる。

「しばらく牢《ろう》の中で頭を冷やせ」

ぴしゃりと言うと、千弦は衛兵を呼んだ。

引き立てるようにして連れて行かれる穂高を、落ち着かないように立ち上がったスレンがずっと目で追う。

穂高も何度か振り返って、「スレンをお願いします！」と廊下から声を上げてきた。

やり方は間違っていたにせよ、守護獣への愛情は間違いないようだ。それだけに、スレンとしても苦しいところだったのかもしれないが。

「まぁ…、豹なんて守護獣を連れていれば、王族と思われても仕方がないですけどね…」

守善がやれやれ…、というように苦笑する。

事実、永峯もそう思って声をかけ、ここに連れてきたのだから。

小動物と違って、基本的に大型の獣になるにつれ、その力は強い。比例して、強い主を選ぶ傾向がある。

つまりそれだけ、穂高の能力もあった、ということだ。

「あの男には王家の血が入っているのかもしれぬな。母親しかいないと言っていただろう？　あるいは、父親は王族かもしれん」

「ああ…、庶子かもしれませんね」

と、納得したように守善がうなずく。

出かけた静養地で気に入った女に手をつけ孕《はら》ませた、というのはありがちなことだ。

王族として列せられずとも、手元に引き取って育てられることはあるが、女の方が黙って身を引いた、という場合もあるのだろう。

「あるいは、私たちの兄弟かもしれないいな」

「マジっすか…」

小さく笑って言った千弦に、ぎょっとしたように守善が目を見開く。

閉まったドアをスレンがじっといつまでも見つめているのに、千弦は立ち上がってスレンの前でしゃがみこんだ。

手を伸ばし、優しく頭から喉元、背中を撫でてやる。

「他の主を探してやってもいいが…、おまえはあの男がいいようだな？」

微笑んでそっと尋ねると、スレンが小さな頭を落として低く鳴いた。

「どこがいいのかは知らぬが、ならば、しばらく待ってやればいい。反省して出てくるまでな。長くて半年程度か…。王宮の中であればおまえも安全だ」

そして立ち上がって、守善に頼む。守善に、というより、むしろ雪豹に、だ。

「居場所を用意してやってくれ。部屋を構えてもいいが、いやすいところにな」

はい、と守善がうなずく。

守善が二匹の豹を連れて部屋を出ると、それを待っていたように奥の扉が開いた。

ひょこっ、とペガサスが長い顔を出す。

『すんだか？』

ああ、と千弦がうなずくと、ルナがゆったりと部屋に入ってきた。

『あの豹も面倒な男を主に持ったものだな…』

肩を回すようにして、背中の翼を上下に動かす。

「ルナ様のお力で、スレンの力をもどすことはできないのですか？」

めずらしく、牙軌が口を開いてルナに尋ねた。

牙軌なりに気にかけているらしい。会話の間は、例によって口を挟むことなく、じっと部屋の隅で立っているだけだったが。

『私がどうこうできるものではないな。守護獣の命を延ばすのも縮めるのも、主次第だ』

いくぶん素っ気ないように言ってから、長い首を伸ばしてツンツンと千弦の肩をつっついてくる。

『わかっているのか、千弦？　おまえが私に無体を働くたび、私の心は傷ついて寿命をすり減らしているのだぞ？』

いかにも嫌みったらしい口調に、ふん、と千弦は鼻を鳴らした。

「主が十分に能力を発揮できるかどうかは、守護獣にかかっているからな。せいぜいがんばってくれ」

『全力を尽くしているとも！　見ろ、だからおまえがこれほど優秀なのではないか』

翼を広げ、ふんぞり返ったペガサスに、千弦はスカした顔で返した。

「そうだな。たまにはご褒美にニンジンをやろう」

『ニンジンは嫌いだっ』

キーッ！　とルナが声を上げる。

と、ふいに思い出したように、攻撃の矛先を牙軌に移した。

『そういえばおまえには、他にも何匹も守護獣がいるからな。牙軌などは、おまえの一番忠実な守護獣だろう？』

にやにやと、ルナが言う。

昔から、ずっと牙軌が言われていた皮肉だった。

常に千弦の側にいる牙軌は、他のどの守護獣よりも守護獣らしい、と。むろん、皮肉というだけではなく、それだけ剣技に優れている、ということでもあるのだが。

ルナがほとんど姿を見せないこともあって、より目立つのかもしれない。

そんな言葉に、牙軌が静かに口を開いた。

「俺にはもっとも名誉な言葉です。そうありたいと、思っています」

千弦はそっと微笑んだ。

常に主と行動をともにし、命をかけて主を守る。

出会ってから今まで、ずっと牙軌はそうしてくれていたのだ。

そして、十分に千弦の能力も伸ばしてくれている。牙軌がいてくれるおかげで、どれだけ仕事がやりやすくなったか。

……そう、牙軌が自分の守護獣であるのなら。

「牙軌」

千弦は牙軌に近づき、前に立つと、まっすぐに男を見上げた。

心の中を映すように、知らず口元に笑みが浮かんでしまう。

「千弦様？」

いくぶん怪訝《けげん》そうな牙軌の声。

「ならば、私はおまえに愛情を与えねばならんな？」

弱ってしまわないように。

あっ、と牙軌が短い声を上げた。

「それは……」

めずらしく無表情が崩れ、牙軌が困ったように視線をそらした――。

◇　◇

牙軌に風呂に入れてもらうのが好きだった。

これだけは、牙軌が来るまで他の誰にもさせたことはなく――牙軌と寝るようになって初めて、してもらったことだった。

そもそも千弦は、他の人間にあれこれ世話をされるのがそれほど得意ではない。自分でやった方が速い、というのもある。

だが牙軌に風呂に入れてもらうのは、本当に甘えさせてくれるようで、妙にうれしかったのだ。

がっしりとした腕に抱かれる安心感もある。

おたがいに湯着を一枚羽織っただけで、牙軌に抱きかかえられたまま、大理石の段を下りて湯の中へ身体を浸していく。

離れの先にある千弦の専用だったのでさほど広くはないが、美しくタイルの貼《は》られた円柱が建ち並ぶきれいな浴場だ。

以前は、まわりのわずらわしい視線を避け、ここで一人きりになれるのが好きだった。

床を丸く掘られたような浴槽へ牙軌が腰を下ろしたあとも、千弦は膝の上から下りなかった。湯の中なので、それほど重くもないはずだ。

ただ浮いた身体が勝手に離れていきそうで、引きよせるようにして、がっしりとした肩につかまる。

牙軌の腕も、しっかり背中にまわされていた。

ここしばらくのいらだちや不安が、スッ…と流れるように身体の中から消えていくのがわかる。

やはり必要なのだと思う。この腕が。

自分が安心していられる場所。

何もかも投げ捨てて、バカみたいに甘えられる場所だ。

筋肉質な肩口に頭を預け、ぬるめの湯にまどろみながら、千弦は男の耳元でそっと尋ねてみた。

「私が…、穂高になびくとは思わなかったのか？」

そんな問いに、どこか緊張するように、牙軌の身体がわずかに動く。

湯の中なので、ほんのかすかな動きも波紋を伝え、すぐに知れる。

わずかな間をおいてから、牙軌が淡々と答えた。

「たとえそうなったとしても…、千弦様がお決めになることです。俺が口を挟めることではありません」

そんな言葉に千弦は眉をよせ、わずかに顔を離して、牙軌の頰を思いきりつねる。

「少しは成長しろ」

聞きたいのはそんな言葉ではない。

「申し訳ありません」

むっつりとにらみつけると、牙軌が生真面目にあやまった。

「ただ、千弦様が本気であの男になびいていると思ったことはありませんから」

「なぜ？」

内心で、チッ、と思いながら、少しばかり不機嫌に千弦は聞き返す。

少しは妬いてくれたかと思ったが、そういうわけではないらしい。

「あまりに人前でそんな様子をお見せになっていたので。本当に気に入った相手には、千弦様は最小限のお言葉しかかけません」

確かにそうなのだろう…、と千弦は小さく息をついた。

時折、若手の官吏などで能力のある者を見つけると、しばらく観察し、黙って引き抜く。特に言葉をかけることはせず、ただより動きやすい環境へ移してやるのだ。

牙軌にしても、おそらく二人きりでなければ、……大臣や官吏たちの前では、ほとんど会話を交わすことはない。

そもそも、牙軌の寡黙なところが気に入っていたのだから。

「ですから、何かお考えがあるのだろうと思っておりました」

牙軌に、穂高の素性を疑っていると話したことはなかった。あの立ち合いの寸前までは。

牙軌に守護獣はいなかったし、立ち合いでもあったから、本来ならそういう場面を想定する必要はない。だが、真剣での勝負だ。主に命の危険が迫れば、スレンが飛び出してくるだろうことは予想ができた。

だから、その場合には守善が割って入る――、と。

かといって、穂高のことが嫌いなわけでもなかった。おもしろい男だ、と今でも思う。

詐欺師の言葉ではあるが、……どこまでが本気で、どこまでが嘘だったのか。

穂高は、月都の人間ではない。月都の人間であれば、神官でもある千弦への「崇拝」がある程度すり込まれてしまうが、穂高にはそういう感覚がない。

そんな人間の目に、白分は哀れに映ったのだろうか。

確かに、そう見える一面はあるのかもしれないが。不自由さがないわけではなかったから。

「牙軌。おまえは私が籠の鳥だと思うか？」

「いいえ」

間髪入れない答えだった。

それに、千弦は知らず微笑んだ。どこか安心もした。

「千弦様はどこにいらしても千弦様でしかありません」

そうだ。そう言ってくれる男だから、甘えられる。

自分の本質を受け入れてくれる。

「あなたの自由を奪うものは何もありません」

自由に……自分で選んで、生きてきたつもりだった。むろん、いそがしさに叫び出したいような時はあったが。

それでも、他の人間にできない、自分だけの務めだ。

水面下で怪しく、めまぐるしく動く月都の宮廷政治や近隣諸国との関係をさわどくコントロールすること、計算をめぐらせること、あらゆる駆け引き――責任の重さと同時に、それを楽しんでいる自分を知っている。

「ではおまえは、私をどう思っている？」

男の肩に指をすべらせ、間近から男の顔を見上げて千弦は尋ねた。

答えにくい問いだろう。この男にとっては。

そう思うと、ちょっと気の毒にも、楽しくもなる。

だが、この男の口から聞きたかった。

「敬意と、敬愛とを…」

「それと？」

低く答えた男を、さらに追いつめてやる。

「お慕い…しています」

そっと息をつくように、牙軌が言った。閉じられたまぶたが小さく震えているのがわかる。

「私に欲情する？」

一瞬、牙軌が息を呑んだ。

「はい…」

それでも、息遣いだけの返事がある。

千弦は喉の奥で笑い、牙軌の強ばった表情を見つめたまま、そっと男の足へ指を伸ばした。

ぐっしょりと水気を吸った湯着の上からなぞり、揺れている裾《すそ》の隙間《すきま》から差しこんで、硬く締まった内腿《うちもも》に指を這わせる。

湯の中だと、いつもと微妙に感覚が違っていた。抵抗が大きい。

それでも、ビクン、とわずかに男の腰が揺れた。一気に二人の間の湯が渦巻く。

千弦はじわじわと足のつけ根の方に指を動かし、そして硬い茂みの中から突き出している男の先端を確かめるように手の中に収めた。

「自分で、慰めていなかったか？」

首筋に唇を押し当てるようにして、意地悪く尋ねてやる。

「……はい」

低く、押し殺した声が答える。

そうだろう。千弦の命令を違《たが》えるような男ではない。

そうする間にも、牙軌のモノはますます硬く、大きく張りつめていく。

手のひらに当たるその感触がうれしく、愛おしい。

「千弦…、さま…！」

そのままこすり上げてやると、牙軌がこらえきれないようにうめき、とっさに大きな手が千弦の手をつかんだ。

耳元にあたる息遣いが熱く、荒くなっているのがわかる。

「おまえだけではない。浅ましく欲しがっているのはな…」

静かに口にすると、千弦はつかまれた手を逆に握り返し、自分の中心に触れさせた。

「ん…っ」

千弦のモノが骨太い指に愛撫《あいぶ》される。初めはぎこちなく、しかしだんだんと荒々しくなっていく。

「あぁ…っ」

わずかに身体をのけぞらせ、千弦は無意識に男の肩に爪《つめ》を立てた。

腰が浮き、一瞬、手が離れたかと思うと、次の瞬間、何か硬いモノに自分の中心がこすり合わされているのがわかる。

牙軌の……男だ。

わかった瞬間、カッ…、と全身が熱くなる。

それでも無意識に腰を揺すりながらあえいだ千弦が、うっすらと閉じていた目を開くと、まっすぐに見下ろしている男の眼差しとぶつかった。

男の腕の中で身体をくねらせ、淫《みだ》らにあえぐ姿が見つめられていた。

だが――かまわない。

こんな姿を、表情を見せるのも、この男だけなのだから。

すぐ近くで、おたがいの乱れた吐息が交じり合う。

男の顎に、千弦は唇を触れさせる。そしてせがむように男を見る。

牙軌の手がいきなり千弦のうなじをつかみ、強く引きよせるようにして唇が奪われた。

熱い舌が入りこみ、中を存分にかきまわしていく。何度もきつく舌が絡めとられ、痺《しび》れて、頭の中が真っ白になる。

下肢をなぶる指に先端がいじられ、こらえきれなくなる。

「げ…き…っ、――あっ…ん…っ」

出してしまいそうだった。

と、次の瞬間、いきなり牙軌が千弦の身体を抱いたまま立ち上がった。

ザバッ…、と二人分の湯が大きく流れ落ちる。

千弦の腰がそのまま大理石の床に持ち上げられ、浴槽の中に立ったままの牙軌に大きく足が広げられる。ぐっと膝が折り曲げられ、濡《ぬ》れて張りついた湯着が剝がされて、すでに恥ずかしく蜜《みつ》を滴らせる中心が口でくわえられた。

「あぁぁ……っ」

下肢を包みこんだ甘い刺激に、千弦は両手を床について身体をのけぞらせる。

無防備にさらされた胸の小さな芽がふいにきつく指で摘《つ》まれ、たまらず淫らなあえぎが円い天井いっぱいに響き渡った。

「あ…、んっ…、あ……出る……っ」

ガクガクと腰を振り乱し、無意識に牙軌の髪をつかむように引きよせて、千弦はうながされるまま、こらえきれず男の口に放ってしまう。

瞬間、ビクン、と身体が跳ね上がり、一気に身体から力が抜けていく。

優しく吸い上げるようにしてから、ようやく男の口が離れた。

ぼんやりと涙ににじんだ視界に、顔を上げた牙軌が親指で唇を拭《ぬぐ》っているのが映る。飲んだ……のだろう。

無意識にそれを見つめていた千弦は、ふっと牙軌と目が合って、反射的に逸らせてしまう。

「上がる」

そして、低く言った。

「はい」

わずかにかすれた声で、牙軌が答えた。


もう一度、しっかりと湯の中で身体を温められ、乾いた湯着に着替えてから、やはり牙軌の腕に抱かれて風呂から寝所へと運ばれた。

以前は風呂に行くにも侍女や侍従が数人従っていたのだが、今は行き帰りも牙軌一人にさせている。

そのままベッドへ身体が横たえられた。

そしていったん離れようとした男の袖《そで》を、千弦は無意識につかむ。

「帰ったら…、怒るぞ」

「はい」

疑い深く、ポツリと言った千弦に、牙軌がうなずいた。少しやわらかな声。

そっと男の手が千弦の頬を撫で、指先が唇をたどっていく。

腰紐《こしひも》が解かれ、前をゆっくりとはだけさせながら、牙軌の指がゆっくりと素肌をなぞった。

脇腹から胸が撫で上げられ、小さな乳首が指先できつく押し潰され、遊ぶように転がされる。あっという間に硬く芯《しん》を立てた乳首は、片方が執拗《しつよう》にいじられ、もう片方は唇に含まれて、甘い舌の餌食《えじき》になる。

たっぷりと唾液《だえき》をこすりつけられた片方が指の愛撫に譲られ、今度はもう片方が舌先でなぶられた。

濡れて敏感になった乳首がいじられながら、片方は甘噛みされ、こらえきれずに千弦は身体をのけぞらせた。どうしようもなく、指先が支えを求めてシーツをつかむ。

男の唇が胸から喉元へと這い上がり、軽く濡れた音を立てて白い肌をついばんだ。

いったん顔を上げた男が、そっと千弦の頬を撫でる。目が合った。

じっと見つめてくる熱い、どこか切迫した眼差しに、千弦は静かに微笑んで返す。指を伸ばし、男の頬に触れる。

牙軌がその手を握った。おたがいの指を絡め合い、シーツに貼りつけるようにして、深いキスをくれる。

身体が重なり合った。おたがいの下肢がこすれ合い、すでに張りつめているのがわかる。

「あ……」

気持ちがいい――。

男の重みと熱。匂《にお》い。優しく、荒々しい手の感触。

千弦は陶然《とうぜん》と、男の腕に全身を預ける。愛撫の手に、身体をすりよせてしまう。

と、ふいに千弦は思い出した。

以前、ルナに言われたことだ。男なら、興奮する――と。

「あっ…、んっ……、あぁ……」

男の愛撫が下肢に移り、唇が内腿をたどっていく。閉じられないようにいくぶん強く膝がつかまれ、熱い舌が千弦の中心で淫らに震えるモノに絡みつく。音を立てて、しゃぶり上げられる。

「牙軌っ、牙軌……っ、――んっ…、あっ…、――いやぁ…っ」

恥ずかしさもあって、思わず口に出た。

しかしその瞬間、ハッとしたように牙軌が動きを止めた。

――なに……?

それに千弦が気づいたのは、一瞬あとだ。

「牙軌……?」

ぼんやりと尋ねる。

「申し訳ありません」

低い声が返った。と同時に、スッ…といくぶん汗ばんだ男の身体が離れていく。

「えっ？」

意味がわからず、思わずうわずった声が上がってしまう。

「お嫌でしたか…？」

わずかにとまどったように確認され、千弦はカッ…と頬が熱くなった。

「バカがっ！　やめるなっ！」

羞恥《しゅうち》と怒りと、いきなり止められたいらだちで、思わず叫んでしまう。

「しかし…、本当にお嫌な時もおありでしょうから」

「ないわ！　おまえにされて嫌な時などないっ」

冷静に考えれば恥ずかしい言葉を思いきりわめきちらしてしまった時、いきなり隣室の扉が開いたかと思うと、ルナがヒーヒー言いながら転がり出てきた。

『おまえら…、おもしろすぎだろっ。何年恋人をやってるんだっ』

大きなペガサスの身体でさらに床を転げまわり、白いきれいな翼をバンバンと床へたたきつけて、長く細い足を宙でもがくように動かし――ギャハギャハ笑っているのだ。

百年の恋も冷めるというか、一般の、ペガサスに夢を持っている人間が見たら、一度で幻滅するようなひどい光景だ。千弦にしてみれば見慣れた光景ではあるが、ある程度慣れているはずの牙軌でさえ、さすがに呆然としている。

だいたいペガサスのくせにデバガメをしているというのが、そもそもダメすぎだ。

それでもあぜんとしたのを通り過ぎると、ようやく怒りがぶり返して、千弦は思わず殺気のこもった目でにらみつけてしまう。

「羽をむしって馬刺しにするぞっ、クソ駄馬がっ！」

『うわぁ…、一位様とは思えない残虐なお言葉』

背中の羽を両手のように胸の前で重ね合わせ、ルナがぷるぷると震えてみせる。

「うせろっ！」

叫んだ声に、ビクッと一瞬、千弦の上にいた牙軌が身を離す。

「続けろっ！」

――おまえじゃないっ！

と、内心で憤りながら、千弦は目の前の男に怒鳴りつける。

「あの…、はい…」

さすがにこの状況で、続けろ、と言われてもだろうが。

どんな場合にも動揺を見せない牙軌にしても、かなり難しかったようだ。

くっくっくっくっ…、と喉で笑い、「ごゆっくりー」と下世話に言ってから、ルナが引っこんできちんと扉を閉じる。

……また聞いていないとも限らないが、気にしていたらキリがない。

「続けろ」

千弦はちらちらと隣の扉に視線をやる牙軌の髪をつかむと、まっすぐに自分に向けさせた。

物騒な声で、にらまれながら言われることでもないと思うが、牙軌は「はい」と、やはり従順に答える。

衝撃で一瞬、おとなしくなってしまったおたがいの中心をゆっくりとこすり合わせた。

じわじわと腰の奥が熱く疼いてくるのがわかる。

牙軌が大きく腕を広げ、すっぽりと抱きこむようにして千弦の身体を包んだ。

「本当に…、お嫌な時に言う言葉を決めておきますか？」

強く、優しく抱きしめられたまま、耳元でそっとそんな言葉が落とされる。

「必要ない。……嫌な時などないと言っただろう？　だいたいおまえからは求めてこぬくせに」

男の二の腕に爪を立てるようにしながら、千弦はむっつりと言った。

そうなのだ。常に千弦から求める。……まあ、立場上、仕方がないことだとはわかるが。

だから、千弦が嫌な時などあるはずはない。

「はい…」

牙軌が静かにうなずいた。めずらしく、口元のあたりが微笑んでいるようにも見える。

「おまえが嫌な時はないのか？」

と、思いついて、千弦は尋ねた。

今まで気にしたこともなかったが、男ならば気が乗らない時もあるだろう。

「ありません」

しかしそれに、あっさりと牙軌が答えた。

「そうか」

千弦も小さく笑って、素直にそれを受け入れる。

そして誘うように指先で男の唇に触れると、甘いキスを与えてくれた。何度もついばみ、舌が絡めとられて、深く味わわれる。

いったん身体を起こした牙軌が、千弦の片方の足を抱え上げた。内腿から足のつけ根まで、唇でたどっていく。

淡い茂みの中に指を差しこみ、すでに形を変えていたモノをこすり上げながら、男の唇はその奥の狭い場所へと入りこんだ。

「あ……」

その予感に千弦は思わず目を閉じ、指先でシーツをつかむ。

ゾクゾクと、甘く、どこか危ういような疼きが細い溝に沿ってにじんできた。千弦の感じる場所が何度も舌先で濡らされ、さらに指でこすり上げられる。

たまらず、ビクビク…と腰が跳ねる。しかし執拗にそこばかりが攻められ、なかなか奥へと来てくれなくて、焦《じ》れるように千弦は腰を浮かせてしまう。

と、男の指がようやく奥へと入りこみ、淡い色の窄《すぼ》まりを指先で押し広げた。

「あぁ…っ」

ふわりと吐息が触れ、恥ずかしい場所が見つめられているのがわかる。そして優しく唇が触れ、舌で丹念に唾液が送りこまれて、ゆっくりとほぐされていった。

浅ましくねだるみたいに、襞《ひだ》がヒクヒクと動き始める。舌先になぶられて収縮し、指先で軽くかきまわされると、襲いかかるように一気に絡みつく。

指一本で丹念に中を馴染ませてから、一気に引き抜かれ、さらに舌で愛撫された。

「ふ…ぁ…、……あぁ…っ、牙軌……っ、中……」

追い立てられるような疼きにこらえきれず、千弦は腰をくねらせながら涙目でねだる。

牙軌が千弦の前を片手で愛撫しながら、やわらかく溶けきった後ろに、今度は指を二本、差し入れてきた。

千弦の身体を傷つけないように、だろう。牙軌はいつも慎重で、しかしそれだけに焦らされているような歯がゆさを覚えてしまう。

この男に与えられる悦楽を、もう身体は覚えているから。

二本の指をいっぱいにくわえこんで、何度も抜き差しされ、千弦は内側からこすり上げられる快感に酔った。

しかしそれにも慣れてしまい、もっと別のモノが欲しくてたまらなくなる。

と、指が引き抜かれ、いったん離れた牙軌が千弦の身体を引き起こして、そのままうつ伏せに寝かされた。

「あっ…、ん…っ」

そのまま、湯着が引き剝がされる。

長い髪がいっぱいに背中に散ったのをかき分けながら、牙軌が背筋に沿って唇を這わせていく。

「千弦様の背中に羽がないのが、不思議な気がしますね…」

背中で静かにつぶやかれ、千弦は低く笑った。

「おまえが……、口がうまくなる必要はないぞ。それに、あったらあったで邪魔だろう。ルナみたいに面倒な性格になりたくもないしな」

そんな言葉に、牙軌が吐息で笑う。そしてうなじにキスを落とし、脇から前にまわした指で両方の乳首を摘まみ上げた。

「あぁ…っ」

鋭い痛みに、千弦はわずかに身体を反らせる。

「きっと…、千弦様の方が感じやすいでしょう」

そんなかすれた声で言われた言葉は、褒めているのかどうなのか。

ルナと比べられても、という気もする。

そのまま下肢へ両手がすべり、いやらしく蜜を滴らせる中心と根元の双球と、そして足のつけ根のあたりが優しく愛撫された。

「んっ…、あっ……、——あぁっ」

その刺激に無意識に腰が浮き、恥ずかしく男に腰を突き出すような格好になってしまう。さっきさんざん焦らされた後ろがまた疼き始め、無意識に腰が揺れる。いやらしく、誘うみたいに。

それを押さえこむようにして男の手が腰をつかみ、指先で潤みきった場所がさらに舌先でなぶられた。

「——あぁ…っ、牙軌……っ」

泣きそうになりながら、千弦はたまらず腰を振る。

「牙軌…、牙軌……っ」

たまらず千弦はせがんだ。

「早く…！　おまえのを……っ」

涙のにじんだ目で、肩越しに男をふり返る。

「はい」

低く答え、熱いモノがすでにとろとろに溶けた襞に押し当てられた。切っ先は蜜を滴らせて濡れ、十分に硬く襞を押し分けていく。

「——んっ…、あ…、あぁぁぁ…………っ！」

根元まで受け入れ、二、三度揺すられて、千弦は全身から溢《あふ》れ出すような快感に、自分でもわからないまま高い声を上げた。

身体の中に、牙軌の熱い鼓動を感じる。それが肌に沁《し》みこんでくるようだった。

いったん腰の動きを止め、男の手が千弦の前を慰めてくれる。

「ひぁ…っ、……ふ…、あっ、あっ……あぁ…っ」

敏感な先端が指の腹でいじられるたび、たまらず千弦は腰を締めつけ、その都度、中の男の存在をまざまざと教えられる。どくん、と、そのたびに大きくなるような気もする。

「牙…軌……っ、もう」

限界だった。

はい…、と押し殺した声が聞こえたかと思うと、男の手ががっしりと千弦の腰をつかみ、そのまま一気に突き上げられた。

「あぁぁぁ……っ！」

頭の芯を食い破るような快感が突き抜け、恥ずかしく、獣のように千弦は腰を振り乱す。

そしてこらえきれずに、あっという間に弾けさせた。

一拍遅れて、中が熱く迸《ほとばし》るもので濡らされたのがわかる。

ぐったりと身体がシーツに沈むと同時に男のモノが抜け落ち、しかし牙軌はその千弦の身体を正面にひっくり返した。

熱い眼差しが食い入るように千弦を見つめる。

気怠い腕を男の顔に向けて伸ばしてやると、その腕が引きよせられ、唇が奪われた。

「……足りぬのか？」

と、重なった下肢の感触に、千弦は低く笑った。

かなり中に出されたと思ったが、まだ硬い感触がある。手を伸ばして確かめてみても、牙軌の男はまだ十分に主張していた。

——可愛い男だ。自分だけの。

「お許しください…」

押し殺した声で、ささやくように牙軌がつぶやいた。

生真面目に我慢していた証拠でもあるのだろう。

千弦の責任でもある。

「牙軌…、私が欲しいか？」

わかってはいたが、少し切なく、意地の悪い気持ちで尋ねた。

そっと、男の前髪を撫でながら。

牙軌がわずかに息を呑み、そっと唇をなめた。

「俺が、千弦様のものなのです」

決して、自分から望むことはない。

本当は言ってほしい気もした。

だが、それを牙軌に望むのは無理だともわかっていた。それが自分たちの立場なのだ。

……だから。

「私は…、おまえを手放さない」

たとえ、暴君になったとしても。

はい、と牙軌がうなずいた。

「生涯、お側におります」

その言葉に、千弦は男の肩に両腕をまわし、がっしりとした身体を引きよせるようにしてシーツへ背中を預ける。

性急に下肢がこすりつけられ、唇が奪われる。荒々しく舌が味わわれながら、千弦はうながすように両足を男の腰に絡めた。

いったん身体を離し、牙軌が片足を抱え上げる。

確かめるように、熱い眼差しが千弦を見つめた。

ここで、待て、と千弦が命じれば、いつまでも牙軌は待っているのだろう。千弦の許しがあるまで。

そっと手を伸ばし、千弦は男の頬を撫でた。

荒い息遣いが指先に触れる。熱い眼差しが、瞬きもせずに見つめてくる。

……言葉は必要なかった。これだけ、自分を欲しがっているのがわかる。

「入れてくれ」

そっと微笑んで、千弦が許す。

次の瞬間、潤んだ奥へ男のモノが押し当てられ、一気に中が貫かれた。

自分がどんな声を上げたのかもわからない。

ただ夢中で、何かにしがみつくように、千弦は男の背中に爪を立てた。

愛おしくて。うれしくて。大切で。……時々、融通がきかないが、この男以上に、自分を甘やかせられる人間はいない。

離すつもりはなかった。

あの日、千弦が手に入れたのは、生涯でもっとも貴重な守護獣なのだ――。

end.

あとがき

リンクスさんでも昨年の夏以降、おひさしぶりになってしまいました。

ガーディアンのシリーズ、２冊目になります。といっても例のごとく、別カップルですね。もふもふな動物シリーズなのですが、今回のカップルは人間同士でした。あっ、でもまわりで結構、もふもふしてます（笑）……もふもふ？　つるつる？

ともかく、主役の二人はがっつり主従。女王様とナイト、という感じでしょうか。王道です。それだけに、この二人の立ち位置とか、気持ち的なものはとてもはっきりとしてわかりやすいので、自分としても書きやすい二人でした。ただこういう関係性だと、あまり恋愛的な事件が起こらないという。まともなケンカにはならないですからね。おかげで、前半はわりときゅんきゅんとしたお話なんじゃないかと思うのですが、後半はほのぼのしてます。牙軌《げき》さんは相変わらず朴念仁ですが、千弦《ちづる》様が案外、可愛いんじゃないかと。

……んがっ。

わりと全体にシリアス目なお話だったはずが、いったいなぜ、いつからいつからこんなコメディになってしまったのか……。

間違いなく、ほぼ、ペガサス様のせいですね。おかしい…。前作で書いた時には、ものすごく神聖で、神々しくきれいなイメージがあったので「ルナ」という名前をつけてみたのですが……ああっ。いったいどこで間違ってこんなキャラに……！

　自分でも本当に謎なのですが、いつの間にか下世話なにーちゃんになり果ててしまいました。多分、長く生きすぎて、いろんなしがらみとかが吹っ飛んでるのかもしれませんね（そういう問題なのか）。どうやら私は周期的に、すごい下世話な動物を書きたくなるみたいです。某黒犬のランディくんとか。……うん。楽しくないとは言いません（笑）今年は午年ですしねっ。

　思いの外、かっ飛ばしたペガサス様になってしまいましたが、そのうちにルナ様のお相手も見つけてあげたいものです。が、どんな相手がふさわしく、そもそも受け攻めどっちなのか。悩む…（笑）午年の間に書けたらいいのですが。

　さて。今回、イラストをいただきましたサマミヤアカザさんには、本当にありがとうございました。ラフで見せていただいた、とても繊細で美しい千弦様と、シュッとかっこいい牙軌さんにドキドキしております。人型時のルナ様の、すごく腹黒そうな雰囲気も素敵です。丸眼鏡、正解でした！　出来上がりを拝見するのが楽しみです。そして、編集さんにも相変わらずご迷惑をおかけしておりますが、今回はまたどうにもこうにも…。申し訳ございませんでしたっ。しかしおかげで、作業スピードをアップさせるため、毎回何かしら新しいスキルを身につけているような気がいたします（笑）……身につけなくていいよう、次回はがんばりたいと思います……。

そして、こちらの本を手にとっていただきました皆様にも、本当にありがとうございました！　感謝の言葉しかありません。ちょっとほろりとして、あとはにやにやと笑っていただければ本望です。

今年は全般に、私の中では極道年なのですが、リンクスさんではファンタジー・イヤーなのかな。こちらのもふもふなシリーズと、もふもふではない方のファンタジーのシリーズでも、今年は一冊、書ければなと思います。無事に出ますように…（もはや神頼み）。いやっ、がんばります！

どうかまた、お会いできますように。


4月　この春、まったく日曜市に行けてません…！　タケノコが出ているはずっ。

そして、初鰹。とタケノコはセットですよっ。

（タケノコはカツオのアラで煮るのです～。……私は食べるだけですが）

水壬《みなみ》楓子《ふうこ》

LYNX ROMANCE

クリスタル ガーディアン

水壬楓子 illust. 土屋むう

本体価格
855円+税

北方五都と呼ばれる地方で、もっとも広大な領土と国力を持つ月都。月都の王族には守護獣がつき、主である王族が死ぬか、契約解除が告げられるまで、その関係は続いていく。しかし、月都の第七皇子・守善には守護獣がつかなかった。だがある日、兄である第一皇子から「将来の国の守りも考え伝説の守護獣である雪豹と契約を結んでこい」と命じられる。さらに豹の守護獣・イリヤを預けられ、一緒に旅をすることになり…。

LYNX ROMANCE

リーガルトラップ

水壬楓子 illust. 亜樹良のりかず

本体価格
855円+税

名久井組の若頭・佐古は、組のお抱え弁護士である征眞とセフレの関係を続けていた。そんなある日、佐古は征眞が結婚するという情報を手に入れる。征眞に惚れている佐古は、彼が結婚に踏み切らないよう、食事に誘ったりプレゼントを用意したりと、あの手この手で阻止しようとする。しかし残念ながら、征眞の結婚準備は着々と進んでいき…。RDCシリーズ番外編。

LYNX ROMANCE

RDC —メンバーズオンリー—

水壬楓子 illust. 亜樹良のりかず

本体価格
855円+税

RDCでマネージャーを務める高埜とオーナーの冬木には知られざる過去があった。高埜は父を亡くしてから母に何かとあたられ、金が必要になるたび客を斡旋されたりしていた。母に見つからずに生活費を稼ぐため街で客を捜していた高埜はある日、AVにスカウトされる。しかし、約束に反して無理矢理撮影されそうになり、そのAV会社の社長の冬木に助けられた。その後も何かと面倒を見てくれる冬木に高埜は惹かれてゆくが…。

LYNX ROMANCE

RDC —レッドアラート—

水壬楓子 illust. 亜樹良のりかず

本体価格
855円+税

大企業の企画制作部に所属する三ツ木鉄朗は、売れるモノを見抜く才覚があるといわれるカリスマ社長・江波飛鳥に、企画を端からボツにされていた。ある日、鬱憤晴らしに友人の店へ飲みに出かけた鉄朗は、酔った勢いで賭けをし、負けてしまう。代償は「男専門の覗き部屋」で一日働くこと――。しかも、客として現れたのは江波だった。驚く鉄朗だったが、弱みを握ってやろうと立場を隠して愛人契約を迫り…。

LYNX ROMANCE

RDC —シークレット ドア—

水壬楓子　illust. 亜樹良のりかず

本体価格 855円+税

ヤクザの抗争に巻き込まれ、親を亡くした輿水祐弥。その事件の発端となったヤクザの兄で弁護士の名久井公春が、施設に送られた祐弥を探し出し、引き取って育ててくれたことに、祐弥は感謝していた。しかし、祐弥は公春の身の回りの世話をすることに喜びを感じ、あろうことか公春に恋愛感情を抱いていた。家を出てからも、公春の世話を焼く祐弥だったが、次第に公春が自分を遠ざけようとしていることに気づき…。

LYNX ROMANCE

RDC —レッド ドア クラブ—

水壬楓子　illust. 亜樹良のりかず

本体価格 855円+税

役者を目指す占葉直十は、家賃を払えず、アパートを追い出されてしまう。途方に暮れていた直十だったが、上流階級の雰囲気を持つオヤジ達が通う怪しげな洋館に忍び込み、ネタでも掴もうと思いたつ。しかし敷地内に足を踏み入れた直十はあっけなく捕まり、中へと連れて込まれてしまう。そこで、なぜか若頭という渾名を持つヤクザのような男・廿楽に、マイフエアレディのように育て上げられる事になってしまうが…。

LYNX ROMANCE

幽霊《ゆうれい》ときどきクマ。

水壬楓子　illust. サマミヤアカザ

本体価格 855円+税

ある朝、刑事の辰彦は、帰宅したところを美貌の青年に出迎えられる。青年は信じられないことに、床から十センチほど浮いていた。現実を直視したくない辰彦に対し、青年の幽霊は「自分の死体を探して欲しい」と懇願してくる。今、追っている事件に関わりがありそうな予感から、気が乗らないながらも引き受ける辰彦。ぬいぐるみのクマの中に入りこんだ幽霊・恵と共に死体を探す辰彦だったが…。

LYNX ROMANCE

梟《ふくろう》の眼《め》 ~コルセーア外伝~

水壬楓子　illust. 御園えりい

本体価格 855円+税

海賊・プレヴェーサで、アヤースの副官を務めるジル。6才のころ父が猟奇殺人の罪で捕まり、周りの嫌がらせに耐えながら姉と二人で生きてきた。数年後、病気の姉を抱えていたジルは偶然通りかかったボリスに拾われる。徐々にボリスに惹かれていくジルだったが、彼が姉に好意を寄せていることに気づき、彼の元を離れプレヴェーサで手腕を発揮するようになる。そんなある日、ボリスから姉の行方を問う手紙が届き…。

初出

シークレット ガーディアン	２０１３年 リンクス１１月号掲載
守護者の心得	書き下ろし

この本を読んでの
ご意見・ご感想を
お寄せ下さい。

〒151-0051
東京都渋谷区千駄ヶ谷4-9-7
(株)幻冬舎コミックス　リンクス編集部
「水壬楓子《みなみふうこ》先生」係／「サマミヤアカザ先生」係

LYNX ROMANCE
リンクス ロマンス

シークレット ガーディアン

2014年4月30日　第1刷発行

著者……………水壬楓子《みなみふうこ》
発行人…………伊藤嘉彦
発行元…………株式会社　幻冬舎コミックス
〒151-0051　東京都渋谷区千駄ヶ谷4-9-7
TEL 03-5411-6431（編集）
発売元…………株式会社　幻冬舎
〒151-0051　東京都渋谷区千駄ヶ谷4-9-7
TEL 03-5411-6222（営業）
振替00120-8-767643
印刷・製本所…共同印刷株式会社
検印廃止

ISBN978-4-344-83110-0 C0293
Printed in Japan

幻冬舎コミックスホームページ　http://www.gentosha-comics.net